十四歳で自殺した被害者Kの遺書。

『菅原拓《すがわらたく》は悪魔《あくま》です。誰《だれ》も彼の言葉を信じてはいけない』

ただ、それだけで
よかったんです

悪魔の正体

悪魔《あくま》のような中学生が一人で四人のクラスメイトを支配し、その中の一人を自殺させた。

あまりに荒唐無稽《こうとうむけい》な話だった。

わたしがそんなニュースを知らされたのは十二月の上旬。大学三年生であるわたしは、一人暮らしをしているために実家の近況を知らず、まさに寝耳に水であった。

信じられなかった。

まさか昌也《まさや》が亡《な》くなるなんて。


昌也は桁外《けたはず》れな中学生だった。

才能が無かったことをあげる方が難しいくらいの人間だった。

まず中学に入学後、まったくの未経験からハンドボールを始めるが、二年生になる頃《ころ》には、県大会の最優秀選手に選ばれるまでに成長していた。しかも、自身が上達するだけでなく、仲間を指導して、弱小であった部を一年強で全国大会へと導いたというのだから恐ろしい。練習計画を細かく決める生真面目《きまじめ》な性格と、年上年下問わず誰《だれ》からも好かれる明るい言動で、未経験者だらけのチームをあっという間に強豪校と渡り合えるようにしてしまったのだ。

だが昌也の才能は運動能力や指導力に留《とど》まらない。特にずば抜けていたのは、むしろ、学力の方だろう。一般人とは比べ物にならない頭脳を持っていたらしく、学力テストでは常に学年トップ、成績表はマックスパラメーター。全国的にも有名な難関高校の入試問題もほぼ満点で解けてしまう。授業中は暇《ひま》を持て余し、部活の先輩の宿題を代行し、小金を稼《かせ》いでいたとか。

あぁ、なんて超人！　周りからは常に文武両道の天才として持て囃《はや》されていた。

『菅原拓《すがわらたく》は悪魔です。誰も彼の言葉を信じてはいけない』

それが昌也の残した遺書だった。マスコミの言う「少年K」こと岸谷《きしたに》昌也は、一枚のルーズリーフにそれだけ書き残し、教室にある自分のロッカーに入れた。

十二月の急激に冷えた朝、昌也は自宅で首を吊《つ》って死んだ。

十四歳の誕生日を迎えてから、まだ二週間しか経《た》っていなかった。

昌也はわたしの弟である。姉も兄もいないわたしにとって唯一無二《ゆいいつむに》の存在であり、途方もないほどに大好きだった家族だ。

だが、学校や母親から聞かされた事件の詳細は、あまりに納得できないものだった。

伝聞でしかないためだろうか。謎《なぞ》だらけの奇妙な流れ。

イジメの発覚は十一月上旬、菅原拓《すがわらたく》という少年にイジメられていた木室隆義《こむろたかよし》という子がネットに助けを求めたのが発端《ほったん》という。

『久世川《くぜがわ》第二中学には悪魔《あくま》のようなイジメがある。助けてくれ。俺たち四人は悪魔に支配されている』。その書き込みにはイジメの残酷《ざんこく》な仕打ちが事細かに記され、セミの死体を食わされた話、万引きを強制させられた話などがリアリティのある描写で語られた。

寒気さえ覚えるようなイジメの記録は、多くの人間を学校や警察に通報させ、大きな騒《さわ》ぎとなった。

そして、騒動《そうどう》の翌日、その話を聞いた菅原が激昂《げっこう》して、暴力事件を起こしたことによりイジメの存在が確定する。教室の真ん中で、昌也《まさや》を水筒で殴《なぐ》ったのだ。

『イジメは発明だ。心を満たす必要悪なんだ。お前らじゃ革命は止められないよ』

職員室に連行された際、菅原はそう不敵に笑ったという。

殴られた昌也は顔に烙印《らくいん》のような大きな痣《あざ》を負い、それを見て義憤《ぎふん》にかられた大人は動いた。

菅原拓にイジメの存在を認めさせると、菅原を三日間出席停止させて、その後もイジメの被害者たちから隔離《かくり》させるようにした。菅原にはキツい罰《ばつ》を与えて、昌也たちとは週に一回、教師との話し合いの場を設けた。

母親は携帯を買い替えて、定期的に菅原からの連絡がないか監視するようにした。毎日息子と会話するようにして、心の傷を癒《いや》すことに努めた。

動いたのは何も大人だけじゃない。生徒側も大きく怒《いか》り、菅原拓に精神的リンチを加えることが何度もあったという。それほど昌也が人気者であったということなのだろう。

菅原拓はイジメ被害者と接触することもできず、全校生徒を敵に回して凄惨《せいさん》な学校生活を送るハメになった。誰《だれ》一人も仲間などおらず、何一つも抵抗する余地などないはずだった。

だが、一ヶ月後、昌也は自殺した。

菅原拓はまさに『悪魔』だった。

昌也が自殺しても、学校側も警察側も、菅原拓に処罰を与えることはできなかった。

なぜなら、傷害事件から一ヶ月間、昌也が狂っていった期間、見える範囲《はんい》では、菅原は昌也に何もしなかったのだから。証拠が一つもないのだから、誰も菅原拓を責めることができない。

生きている三人の生徒は「何も分からない」の一点張りだ。

だから、彼は昌也が死んだあとも、謝罪一つさえしなかった。『最後の最後までバッカみたい』と笑っただけ。

悪魔は制裁も受けず、のうのうと今も生きている。

「こんなのおかしいよ……」

子供の頃《ころ》、昌也《まさや》とよく遊んだ公園で、わたしはさめざめと泣いた。

公園の一角には小山があり、そしてその中央には遊具がある。色褪《いろあ》せたプラスチックで組み立てられ、まるで現代芸術のような派手な身なりをしているそれは、子供が好きな遊具を詰め込んだような集合体だ。

そこで、わたしは静かに泣いていた。どうしようもないほど涙が溢《あふ》れてきて、視界がぐちゃぐちゃになっていった。事件の詳細を知った今では、なぜか葬儀《そうぎ》のときよりも激しく哀《かな》しかった。自分の心臓を下から持ち上げられるような衝動《しょうどう》があった。

あの頃に比べて、視点はとても高くなってしまったけれど、わたしがいる場所は紛《まぎ》れもなく昌也との思い出が詰まった場所だった。だって、匂《にお》いが変わらない。土と芝とプラスチックに擦《こす》れたゴム、自分の身体《からだ》を優しく包んでくれるのは、十数年前と同じ空気だった。ここで昌也と時間が過ぎるのを忘れるほど笑って遊んだのだ。

気がつくと、やっぱり昌也との思い出が、はじめて自分を「おねーちゃん」と呼んでくれたときの記憶《きおく》が思い出されて、どうしようもなく身体が震《ふる》えた。

「こんなの間違っているよっ！」

それから怒鳴るように言葉を放つ。何が間違っているのかわたしには分からない。学校かもしれないし、世界かもしれないし、菅原拓《すがわらたく》という存在かもしれない。

「昌也は誰《だれ》よりも勉強もできて、性格もよくて、少し生意気なところもあるけれど、それでも可愛《かわい》い弟だった。死んでいい人間じゃない。自殺させられて、泣き寝入りで終わらせていい弟じゃない。菅原拓だけがヘラヘラ笑って生き延びていいはずがないんだっ！」

絶対におかしい。

そんなの大学生のわたしだって分かる。

わたしは思うまま感情を吐《は》き出して、一回深呼吸をした。公園の空気を肺中に取り入れる。

それから拳《こぶし》を握りしめて口にした。

「徹底的《てっていてき》に調べるんだ」

ゆえに、わたしは決意をする。

「全部、余すところなく、解剖《かいぼう》するんだ。あの学校で何が起きて、あの教室で何が起きて、昌也に何があって、菅原拓が何をしたのか。昌也の無念を晴らしてみせる」

あの事件をバラバラに切り刻むのだ。

きっと、それが姉であるわたしが弟にしてあげられる唯一《ゆいいつ》のことだから。

「待ってて、昌也。お姉ちゃんが全部、分解してあげるから。駄目《だめ》で、欠落お姉ちゃんだったかもしれないけど、最後くらい、頑張らせてね」

夕暮れの公園にわたしの言葉が小さく響《ひび》く。

そして、わたしは思い出の場所から背を向け、歩き出した。

動き出したわたしは早かった。

翌日には、もう校長室にいたのだから。

そして、校長先生と向き合う。昌也《まさや》の姉であるという事実を前面に押し出して、半ば強引にアポイントメントを取ったのだ。学校には事情説明の義務がある。

藤本《ふじもと》校長は、今年で五十八歳になる。年にしては黒髪が生え揃《そろ》っており、何のスポーツをしていたかは知らないが、やけに筋肉質な身体《からだ》をしていて大胸筋《だいきょうきん》と上腕二頭筋《じょうわんにとうきん》がスーツを押し上げている。

「わたしがここに来たのは調査のためです」それからわたしはゆっくりと口にした。「ですから、できる限りのことは答えて欲しく思っています」

藤本校長は軽く頷《うなず》いた。

「いくらでも聞いてくれたまえ。キミに隠《かく》し事をするつもりはない。それが教育者として被害者のご家族にできる唯一《ゆいいつ》の行動だ」

そこで彼は不思議そうに口にした。

「だが、キミは一体何を聞きたいんだい？　イジメや傷害事件、学校側が把握《はあく》していることは教えたつもりだが」

「わたしが聞きたいのは、わたしの卒業後、この学校が取り入れた教育制度のことです」

「ほう……」

藤本校長は小さな笑みを浮かべる。わたしは真剣な口調で告げた。

「教えてください。『人間力テスト』とは一体どのようなものなのでしょう？」

昌也の状況を分解しなくてはならない。

わたしの調査はここから始まる。

人間力テスト。

なぜわたしが事件そのものではなく、この教育制度を聞くことから始めたのかには確かな理由がある。

それは、氾濫《はんらん》するほど溢《あふ》れるこの事件の情報の中で、一際《ひときわ》異彩を放っているように思えたからだ。

明らかにこの教育制度は普通ではないのだ。

このテストは導入当初から話題になっていたのも覚えている。

ある評論家は先進的で時代に即したテストと評価した。ある企業はこの学校に大きく関心を示していると公表した。マスコミは、最先端《さいせんたん》の画期的システムだと取り上げた。一人の有名人が「気持ち悪い」と評価したが、すぐにツイッターは「偽善者《ぎぜんしゃ》」「綺麗事《きれいごと》」と書き込まれて炎上した。

評価はさまざまだが、とにかく多くの日本人が注目したのも無理もない。

人間力テストとは——生徒同士で、他人の性格を点数化するものだから。


人間力テストは二種類の質問事項によって構成される。

『この時代、〇〇に重要な能力はなんだと思いますか？　以下の群から三つ選びなさい』

『同じ学年の中で、××を持つ人物を挙げてください』

その二種類だ。

〇〇にはリーダー、上司、人気者、などといった言葉が入る。リーダーに必要なものは何か？　友達になりたいのは何を持つものか？　文化祭ではどんな能力を持つ者がいれば役に立つか？　将来、仕事で活躍するのに必要な能力は何か？　などとなる。

そして、××には、優しさ、真面目《まじめ》さ、外見の良さ、などが書き込まれる。

生徒は各々《おのおの》の理想像やその理想に合った人間を答案に書き込むのだ。「リーダーシップには勤勉さ、優しさ、カリスマ」「学年の中で、一番勤勉なのは加奈子《かなこ》、二番目は妙子《たえこ》」などと。最後に、すべてを点数化する。現在、生徒が重要視する能力を持った人間ほど高得点というわけだ。生徒全員の順位を公表することはないが、生徒たちは自分の順位や点数を目《ま》の当たりにすることになる。

自分という存在の価値を知る。

自分という性格の評価を知る。

「もちろん、初めは、多くの批判もあったよ。『生徒が生徒同士を格付けし合うなんて、とんでもない』『非人道的だ』。一応はまっとうな意見だ」

藤本《ふじもと》校長は一旦《いったん》、コーヒーを口にしてから語りだした。

「だが戯言《ざれごと》だ。現代ではそんな綺麗事ではやっていけないのだよ。くだらない」

「くだらない……とは?」

「ふん、従来の学歴社会が崩壊《ほうかい》しかけているのは、誰《だれ》の目にも明らかだろう? 確かに、学歴による就職格差が広がっている事例もある。だが、超高学歴フリーターなんて言葉は三十年前まであり得なかった。有名大学を出さえすれば、良い就職先なんて山ほど降ってきた。大学入試も変わった。AO入試なんて、学力の要らない制度、私は最初聞いたとき、耳を疑ったよ」

「まぁ、そうですね」

「ニーズの多様化、サービス業の拡大、機械化の進行、とにかく社会はガリ勉を不要にしたのだ。勤勉など、ブラック企業につけ込まれて使い捨てられるだけ。今の時代に求められるのは、コミュニケーション能力なのだよ。人間力、などと人は簡単に言うがね。全部、これだ。これは私一人の考えではなく、社会の志向だ」

藤本《ふじもと》校長は溜息《ためいき》と同時に少しだけ笑った。

「勤勉だけでは、真面目《まじめ》だけでは、もう社会に通用しない。恐ろしい時代だ。このテストを批判するやつは何も分かっていないマヌケだ。『人間性の数値化に反対』『もっと過ごしやすい学校を』。なるほど、確かにその方が楽だな。学力テストのみやらせ、難関校を目指させ、学歴だけでは生きていけない社会へ突き落として、見殺しにする。就活生や新社会人の自殺統計でも見て、優雅にティータイムか。なかなかに愉快な教育機関だ」

校長はそこまで語り終えると、嘲《あざけ》るようにクックッと笑ってまたコーヒーを啜《すす》った。砂糖もミルクもないブラックコーヒーだった。

わたしはぽっかりと空いた間を埋《う》めるように「だから、人間力テストを作ったんですね？」と尋ねた。

「教え子が自殺したんだ」と彼は答えた。

質問の答えにはなっていなかったが、向こうも承知のようで語りだす。

「十五年前、私がまだ担任をやっていた頃《ころ》、一人の女子生徒が懐《なつ》いてきたのだがね、彼女は進学後、就職活動でどうしても面接が上手《うま》くいかず、鬱《うつ》になってビルから身投げした」

「……」

「私の望みは……彼女が死なない世界を作ることなんだよ。何に替えてもね」

そこで藤本校長は初めて、その仕事上とでも言うべき硬い表情を崩《くず》して、過去の懐かしさと無念さを練り混ぜたような曖昧《あいまい》な微笑《ほほえ》みを浮かべた。

この人も、わたしと同じように誰《だれ》かの死を背負っているらしい。だが、その瞳《ひとみ》はどこか虚《うつ》ろで、わたしは見てはいけないものを目にしたようで背筋《せすじ》が寒くなった。

わたしが思わずペンを動かすのを止めてしまっていると、藤本校長はふっと息を吐《は》いてその表情を元に戻してから語った。

「だが、しかしね、そもそも現代においては人間力テストなんて無くても、中学生たちは互いに格付けし合うのだよ。なにせ学力が絶対視されない時代だ。絶対的な評価基準がないなら、自分たちで互いを評価し合うしかない。私はそれを数値化させただけだ」

さきほど校長の述べた女子生徒が気にかかったが、すぐにテストの話に流れてしまった。

「数値化して……競わせる?」

「競争、とは違うな。ただ、顕在化することによって何かは変わる。そうして、より社会に通用する人材になってほしい。教育者としてまっとうな願いだよ」

藤本校長は一旦《いったん》、話を区切った。なので、わたしはすかさず用意した手帳に今の話を全部書き込んだ。彼は必死に筆をはしらせるわたしに向かって「いきなり語られて、疲れたかい?」と尋ねてきた。わたしは「正直かなり」とだけ答えた。ただいろんな情報を口頭で言われて、頭で整理しきれないだけだ。

わたしはコーヒーを飲み干した。

「おかわりは?」と校長が訊《き》いた、

「お願いします。お砂糖多めで」

藤本《ふじもと》校長が二杯目のコーヒーを持ってきてくれたところで、わたしは更に質問した。

「それで? 生徒の方からの評判はどうだったんでしょう? 実際の声は」

「まぁ、評判はバラバラだな。予想通りだが。対人関係が楽になった例。あるいは逆に無力感を生んだ例。数えあげればキリがない」

「狙《ねら》い通り、コミュニケーション能力は上がったんですか?」

「統計的に比較できない。が、一部の企業はテストを高く評価してくれる。仮に彼らが就活するとき、学力1位よりも、人間力テストの1位を採用したいとな。いい判断だ。これは今後も広まっていくべき——」

そこで一旦《いったん》言葉を止めて、校長は言った。

「——まぁ、これ以上はいいか。キミが調査するのは、弟のことだったな。このテストのことはあくまで事件の背景にしか過ぎん」

「はい」

「私たち学校側としては、キミの行動を諫《いさ》めることはできない。ご家族の知る権利は尊重する。しかし、出来る限り、他の生徒の傷に触《ふ》れることは避《さ》けてほしい。我々には生徒を守る義務だってある」

「もちろん、配慮《はいりょ》します」

「なにか他に質問はあるかね？」

一つだけ、ある。

僅《わず》かばかり躊躇《ちゅうちょ》してしまう。だが、ボールペンを机に丁寧《ていねい》に置いてから、すぐにわたしは顔を上げる。

「昌也《まさや》や菅原拓《すがわらたく》は、そのテストで何位だったんですか？」とわたしは訊いた。

さすがの藤本校長もこの質問には露骨《ろこつ》に嫌《いや》そうな顔をした。あまり生徒自身の秘密を外部に公表したくはないのだろう。数秒間だけ考え込み、他言無用の約束をわたしに取り付けたあと、教えてくれた。

「一学期末、二学年381人中、岸谷昌也《きしたに》くんは4位だ。彼の友人、イジメられた三人、二宮《にのみや》俊介《しゅんすけ》くん、渡部浩二《わたべこうじ》くん、木室隆義《こむろたかよし》くんも高得点。クラスメイトからとても人気があったようだ」

「……」

「しかし、菅原《すがわら》くんは369位。誰《だれ》からも認めてもらえない嫌《きら》われ者が、たった一人で四人の人気者を虐《しいた》げていた」

藤本《ふじもと》校長は最後にわたしへ謎《なぞ》の言葉を投げかけた。

「菅原くんは言っていた。『これは革命なんだ。革命はまだ終わらない』と」

まだ終わらない？

わたしはその言葉の意味を尋ねたが、校長も首を横に振るばかりだった。

†

「もう、胡散臭《うさんくさ》いよ！　藤本校長の胡散臭さだけで、世界中の香水屋が閉店するよ！」

家に帰ったわたしがまず一番にしたのは、とにかく叫びまわることだった。カバンを投げ捨て、まとっていた防寒着を回転しながら脱ぎ散らかし、「あぁ」だの「むぉ」だの喚《わめ》いて、二階から一階のあいだを駆け上がったり駆け下りたりしていた。それから、まだ片付けられていない昌也《まさや》の部屋に飛び込んで、ベッドの上へ倒《たお》れ込んだ。二分ほど畳《たたみ》水泳のように足をバタバタさせて、思考を落ち着かせる。

やはり慣れないことはするもんじゃないな。

もともと苦手だったが、何年経《た》っても変わらない。あんな気味の悪い藤本校長の前に、あれ以上居座り続けるなんて絶対に無理だ。

「けど、あの学校が普通じゃないことは分かったよ」

わたしは枕《まくら》から顔をあげて、校長から聞いたことを反芻《はんすう》する。

「あのテストが果たしてグッドかバッドかは抜きにしよう。わたしが分かることじゃない。でも！　あの学校が特別な環境だったことは理解できた」

ならば、次にやることは一つ。

「じゃあ、その教育制度の環境の中、昌也の教室で、なにが起きたかだね……」

こんなもの当然、事件当事者に聞くのが一番手っ取り早い。

けれど、昌也と共にイジメられた友人は全員、アポイントメントの時点で失敗している。両親にあっさりとはねつけられた。繊細《せんさい》な思春期、マスコミ含め、これ以上引っかき回されては敵《かな》わないのだろう。

「でも、ダメなんだ。蓋《ふた》をしただけじゃあ、何も解決しないんだ」

わたしは昌也の交友関係を思い出す。

「昌也の彼女は……無理か。とてもじゃないけど、聞ける状況じゃないね……」

顔を合わせたことはある。こちらが嫉妬《しっと》してしまうくらい可愛《かわい》い娘だった。

でも、今、彼女にヒアリングを求めるのは無理だ。

「じゃあ、次はどこに尋ねればいいんだろう？」

わたしはゴロリと寝返りをうって、昌也《まさや》の部屋を見渡した。すると、一台のノートパソコンが目に入った。母親が買い与えたものだ。中学生の癖《くせ》に生意気である。わたしは大学生になってから、手にしたのに。

「……検索履歴《りれき》は調べたのかな？」

さすがにSNSやメール、データフォルダはすべて確認したはずだ。一度消したデータでも復元できるようなソフトを使って。しかし、そこには菅原拓《すがわらたく》の存在の欠片《かけら》も無かった、と警察に教えられた。

でも、案外、些末《さまつ》なことは見逃しているのかもしれない。

わたしはベッドから跳ね起きて、すぐさまパソコンを起動させた。それから、インターネットのブラウザを開き、履歴をチェックする。そこにはアダルトサイトを含めて、普通の男子中学生が見るようなものしか無かった。

「やっぱ、とっくに調べられたのかなぁ……」

まさか、昌也も履歴がすべて復元されて、自身の性生活が明らかになっているとは思うまい。本当にごめんね。お姉ちゃん、見なかったことにするよ。

わたしは罪悪感を堪《こら》えながら、前へ前へと遡《さかのぼ》っていき、それから、

『盗聴《とうちょう》　防止』

という文字を見つけた。

わたしの身体《からだ》が硬直した。昌也は盗聴に怯《おび》えていた？　日付を見れば、ちょうど六ヶ月前。つまり、菅原が昌也をイジメていたと推定される時期だった。もちろん、盗聴の防止法なんてあるはずがないけれど。

「昌也……」

人間力テスト。

そんな奇妙な順位付けのされる学校で、何が生まれていたのだろう？

どうして昌也は自殺したのだろう？　昌也はどうして盗聴を恐れていたのだろう？

菅原拓、一体彼は何者なんだろう？

全部、探しださなくてはいけない。

わたしは事件の核心に近づくために、『秘密兵器』に協力を頼《たの》むことにした。

ダレモシラナイ

僕とキミが一つになれる手段は多くない。

別に生活が特別というわけじゃない。思想が特異というわけじゃない。ただ、あまりに愚鈍《ぐどん》なだけだ。もちろんキミじゃなく、僕の話ね。

あの狭い教室の隅《すみ》で、僕は何かに集中することもなく空間を見て、それで一日が終わっていく。誰《だれ》かに話しかけられることもなく、僕だけが世界から取り残されたように、チャイムは勝手に鳴っていく。朝はみんな昨晩のテレビの内容を語り、昼間は美味《おい》しそうに給食をつつき、夕方は帰りに寄るファストフード店の場所を決める。すべて、僕を除いて。

僕はヒトリボッチなのである。

机も、黒板も、筆箱も、制服も、カバンも、教科書も、体操服も、ノートも、すべて僕とは違う世界の住人みたい。

だから、僕を嘲《あざけ》って欲しい。

それで、僕とキミは一つになれるから。

今から語るのは、僕の情けない話。

十四歳なんてみんな馬鹿《ばか》みたいなものだけれど、僕はとびっきりだ。頭の中がファンタジーに汚染される変な病気でも患《わずら》っているのか。

だから、僕の失恋を、挫折《ざせつ》を、どうか蔑《さげす》みながら見て欲しい。

情けなくてみっともない、自虐《じぎゃく》趣味《しゅみ》が生きがいの、冴《さ》えないクズのちっぽけな革命戦争。

僕の名前は菅原拓《すがわらたく》。


僕だけが知っていることがある。

友達がいないと、学校の授業というのは果てしなくつまらなくなる、ということ。

だから、僕は教室でも一人、陽《ひ》の当たる窓際《まどぎわ》の席でクズ思考を続けるのだ。

今日の脳内会議の議題は「世界で一番不幸な人間と、世界で二番目に不幸な人間、どっちになりたい？」だった。

二秒で決着。

満場一致で「世界で一番不幸になりたい」だった。

だとしたら、不思議だな。世界で一番不幸な人間は、案外、世界で二番目に不幸な人間？

なんだかヘンテコなパラドックス。実は、不幸は酷《ひど》ければとことん酷いほどいいのかもしれない。アフリカの子供たちのためにはみんな募金をするけれど、全世界の誰《だれ》一人として僕に募金なんかしないのだから。

一人の中学生が、勉強も大してできなくて、運動神経もダメで、彼女なんてできるわけがなくて、毎日家族含めて誰とも話さずに生活する程度の不幸じゃ誰も見向きもしてくれない。

どこにもいない存在として。

教室の中で「空気」としてしか生きられない僕には、誰も愛を注がない。

だから、僕はアフリカの飢えた子供たちに勝手な逆恨《さかうら》みをしている。

(いやいや、彼らが大変ってことは分かるよ？　でもさ、彼らは誰かに愛をもらっている。けど、全世界中探しても、僕に愛を注ぐ人間はどこにもいない。それもまた事実なんだ。あぁ、チクショウ)

もちろん、理解してくれなくても構わない。所詮《しょせん》は、頭の悪い中学生の戯言《ざれごと》なのだ。

ただ、十月、僕の思考はこのようにクズっぷり全開だったということ。

だから、人間力テストでワースト13位を取るのであろう。

僕が石川琴海《いしかわことみ》さんと会話したあの日。

あの事件が起きる二ヶ月前のこと。

僕の通う久世川《くぜがわ》第二中学はグループワークの時間が多い学校として有名だ。

週に二回、クラス毎《ごと》で四人組を組み替えて、簡単な課題に協力して取り組む。「久世川市の新しい観光施設」、「無人島に持っていくもの」から、「バレンタインに代わる新たな商業的イベント」など雑談のタネにもならない問題をクジで決められた四人で取り組んでいく。どんなに喋《しゃべ》りが拙《つたな》く、あるいは頭の回転が悪い人でも少しは答えられるように配慮《はいりょ》された授業だった。

けれど僕はどうしてもこの時間が好きになれなかった。理由はよくわからないが、やはりグループワークが人間力テストの採点素材に過ぎないことにあると思う。必死に頭を捻《ひね》らせて、誰かから投票を得るのが馬鹿馬鹿《ばかばか》しく感じるのだ。

だから、目の前の三人の生徒で行われる「ハンバーガーチェーン店の新商品」というテーマにも僕は決して議論として参加することはなかった。なにか話題を振られても「時代によるね」か「場合によるね」としか言えない。やはりクズなのであった。

優等生の瀬戸口《せとぐち》観太《かんた》くんは最初に何度もその品行方正スマイルと共に僕へ話題を振ったが、やがて諦《あきら》めるように無視するようになった。不良気質の津田《つだ》彩花《あやか》さんは最初から僕と同じ班になったことを不運であるかのように毒づき、時折睨《にら》んできた。

「なぁ、菅原《すがわら》君。お願いだから、なにか発言してくれ」

最後に瀬戸口くんが僕に呆《あき》れた顔で言う。

「おれ、菅原《すがわら》君と残りの中学生活、一切議論せずに終わりそうだよ」

とりあえず僕は「ごめん……」とだけ返した。謝っておけば、やり過ごせると思ったのだ。

案の定、津田《つだ》さんがすぐに「いいよ、観太《かんた》。こんな野郎、放《ほ》っとけよ」と告げてくれる。気の強い津田さんに圧《お》されて、瀬戸口《せとぐち》くんはしぶしぶと別の話題に議論を変えた。

ごめん、と今度は本心からこっそり謝る。こんなクズに気を遣わせてごめん。

結局、僕らの班の結論は「馬肉バーガー」で、それを瀬戸口くんが無難に発表した。

クラスの皆を最も沸かせたのは昌也《まさや》の班が発表した、フルーツと生クリームをワッフルで挟んだ「ワッフルバーガー」であった。お調子者の二宮《にのみや》くんが「ハンバーガーじぇねぇじゃん」と野次《やじ》を飛ばしたが、昌也は飄々《ひょうひょう》とした態度で「サイドメニュー禁止なんてルールなんてあったか？」と反論してみせた。二宮くんは長い前髪を乱しながらオーバーにリアクションを取ってクラスに笑いを沸かせた。そんな二人のやり取りを津田さん含む何人かの女子が目をきらきらさせて見つめる。いつも通りのグループワークだ。

僕は昌也を見つめながら、クソ野郎め、と毒づきながら終業とともに教室を後にした。

石川《いしかわ》さんと話したのは、そのグループワークの後、つまりは放課後だった。

場所は僕がライトノベルを借りにいった校内の図書室。十四歳にもなったのに、日本の文豪たちをことごとくスルーして、僕はもっぱら簡単に読めるものしか手に取らなかった。僕は『趣味《しゅみ》は読書です』と声高に宣言し、小声で『ただし、ラノベ限定』と付け加えるタイプなのである。

今時の中学校の図書室には、それなりの数のラノベが揃《そろ》えられており、財布の寂しい中学生の強い味方だ。なにせ大きな棚二つ分もある。僕は思考を停止させながら、並んだ文庫本を隅《すみ》から順番に棚から引っ張り出す。表紙で描かれる女の子が可愛《かわい》くないなら、戻す。そんな風に選別していって、僕は家での娯楽を求めていった。

放課後のことだから、周囲には多くの生徒がいたのかもしれないが、どうでもよかった。自分以外はみな背景。だから、誰《だれ》かが僕の名前を呼んだことに非常に驚《おどろ》いてしまった。

というか、グループワーク以外で僕の名前が呼ばれること自体がちょっとしたニュースなのである。

「菅原くんってよく図書室に来ますよね？」と、女の子の声がした。

振り返ると、石川琴海《ことみ》というクラスメイトが後ろに立っていた。

セミロングの艶《つや》やかな黒髪の持ち主で、潑剌《はつらつ》とした雰囲気《ふんいき》のある子。いつもクラスの真ん中で、上品な笑いをしている記憶《きおく》がある。そんな彼女が僕の目の前で、ガラスでも見つけた子供のように無邪気《むじゃき》な微笑《ほほえ》みを浮かべている。

「え、あ、なに？」

激しく、つっかえながら僕は聞いた。情けない声！

けれど、石川《いしかわ》さんはからかうことなく、真面目《まじめ》に返してくれる。

「さっきのグループワーク、お疲れ様です。馬肉バーガー、良かったと思うんですけど、みんなの反応悪かったですよね。怒《おこ》っちゃいますよね」

そして、まるで僕と友人かのように他愛《たわい》もない雑談をかけてきた。

なんで、この人が？

確かに、あの班には僕と瀬戸口《せとぐち》くん、津田《つだ》さん以外にも一人、石川琴海《ことみ》さんがいた。途中何回か「バンズに味噌《みそ》を練りこみましょう」だの「抹茶《まっちゃ》ソースなんか斬新《ざんしん》ですよね」だの頓珍漢《とんちんかん》な回答ばかりしていた記憶《きおく》があるけども。

議論に参加する気のない僕と突飛なことを言い続ける石川さんと同じ班になった瀬戸口くんたちには、そんな資格ないながらも同情せざるをえなかった。

「まぁ……馬肉バーガーは熊本の方にありそうだもんね」

ここまで話しかけられたら無視するわけにはいかず、僕はぼそぼそとした声でそう返答した。

石川さんは目を丸くしながら「それは盲点でした！」とコメントしたあとで、僕が片手に持っていた文庫本の方へ視線をやって「あ、ライトノベルですか……菅原《すがわら》くんのオススメとかありますか？」と話題を変えてきた。

「……」

僕は文庫本を押しつぶすように、親指が変色するほど力を加えた。別にラノベが憎いというわけでなく、ほぼ無意識である。意図が分からなかった。いつもクラスの中心にいてバンドや芸能人の話で盛り上がっている人が、僕みたいな根暗と雑談を続ける理由が。

僕は追い詰められた野兎《のうさぎ》みたいな警戒態勢に入るが、石川《いしかわ》さんはその理由が見当つかないのか不思議そうに首をかしげた。

背丈以上の本棚に挟まれた、図書室の隅《すみ》の隅の薄暗《うすぐら》い空間で、僕らは何故《なぜ》か黙《だま》り合ってお互いを見つめ合っていた。

「……単純に、話してみたかっただけです」先に沈黙《ちんもく》を破ったのは石川さんの方だった。「わたしは菅原《すがわら》くんに弟子入りしたくなったんですよ」

「はぁ?」

「ぜひ、わたしを弟子にしてください」

まったくノリについていけなくて戸惑う僕に構わず、とうとう石川さんは頭を深く下げて僕にそのきれいなうなじを見せつけてきた。なんだこれ? 女子の間で流行《はや》っている遊びなんだろうか? 全然分からん!

「お、お願いだから、頭をあげて」

誰《だれ》かに見られたらあらぬ誤解をされて、迫害を受けそうだ。僕が精一杯に頼《たの》み込むと、石川さんは困る僕がおもしろいのか笑いながら身体《からだ》を起こす。

僕は今年一番と豪語できるほど深い溜息《ためいき》のあとで口にした。

「一体全体、どういうことなのさ……」

すると、石川さんはそこでやっと説明不足に気づいたかのようで、「あっ」と発してから
「だって菅原くんは凄《すご》い人ですから」と述べる。

「凄い？」

「うん、さっきのグループワークもそう。ずっと堂々と孤高を突き通していますよね。他人の目なんか絶対に気にしない感じです。付和雷同《ふわらいどう》しないというか」

「いや……それは別にそういうわけじゃ……」

「わけじゃなく？」

「単に僕は友達がいないだけ……」

……………我ながら酷《ひど》い返しだな。

けれども事実であるから仕方がない。僕如《ごと》きで凄いのなら、石川さんは千年に一度の怪物レベルだ。

石川さんは首を振った。

「あ、いや、確かにちょこっと友達も少なそうですが、そういうことでもないんです。そもそも友達が欲しそうでもない、というか。他人に媚《こび》を売ることもないじゃないですか。他人の評価ガン無視！　みたいな。カッコイイと思います。尊敬しちゃいます」

なんか大雑把《おおざっぱ》な評価だ、とさすがの僕も思わなかった。

褒《ほ》められるなんて一年に一度もない。わーい、と内心喜んだ。ということは、つまり——。

「別に僕だって他人の評価を気にすることはあるよ」そう答えた。

「たとえば？」と石川《いしかわ》さんが訊《き》いてくる。

「現に、今、『カッコイイ』と褒められて、すっごい嬉《うれ》しいしね」

僕がそう告げると、石川さんはクスクスと笑い出した。それから僕の胸を軽く拳《こぶし》で突いて、僕をよろけさせてから言った。

「そういう見栄を張らないところです。けど、それは違うじゃないですか。道を歩いていたら、たまたま五百円玉が落ちていたとか、そういうことじゃないですか？　わたしとは、わたしたちとは、違うんです。だから……菅原《すがわら》くんが羨《うらや》ましい」

よく呑《の》み込めない比喩《ひゆ》のあとに、曖昧《あいまい》な自虐《じぎゃく》が入り交じったが、彼女の声は決して暗くなることはなかった。まるで笑い話のように、石川さんは語った。

僕がそこを詳しく追及する前に、棚の向こうから「コトミン、どこやー？」「迷子だねぇ」と複数の女子の声がした。石川さんは友人と一緒《いっしょ》にここへ来たらしい。石川さんもそこでハッとしたように声の方向へと振り向く。無断で僕のところに来たのか。本当に迷子みたいじゃないか。

僕は小さく手を挙げて「呼んでるよ、ばいばい」とだけ言った。

「弟子入りはまた今度、お願いすることにします」と石川さんは手を振る。「またお話ししましょう、暫定師匠《ざんていししょう》」

なんだその呼び名、とツッコミながら、僕は自身の抱える気持ちに戸惑っていた。

なんとなく石川さんと別れることが物足りないような、あるいは、ほっとするような浮き足だった気持ちを僕は抱えていた。それに慣れない人と会話をする疲労もセットだから、複雑な気分。

僕がとりあえずこの場から立ち去ろうとすると、最後に石川さんは僕に妙なことを告げてきた。

「菅原くん」

「……なに？」

「わたしのおっぱい触《さわ》らせてあげる代わりに、次の人間力テスト、わたしに投票してくれませんか？」

「は？」

聞き間違いだろうか？

もちろん、急に聞かれても僕に答えられるわけがない。

僕が黙《だま》っていると、石川さんは「冗談《じょうだん》です」とイタズラっぽく笑って駆け出し、すぐに棚の向こうへ消えていった。

小学生の頃《ころ》、名前を忘れてしまったけれど、僕はとあるクラスメイトに「一緒《いっしょ》に帰ろうよ」と声をかけたことがある。

返ってきた言葉は「お前と近づきたくない」だった。

だから、石川《いしかわ》さんは決定的に誤解している。馬鹿馬鹿《ばかばか》しいとさえ感じてしまう。

僕なんかを羨《うらや》ましく思ってはいけない。

確かに僕は他人の視線なんかどうでもよくなっている。そんなもの、蚊《か》ほどの興味しかない。

蚊ほどの興味はあるけれど、早い話、その程度だ。

しかし、僕がこうなった理由を彼女は知らない。

僕の人間力テストの順位を彼女は知らない。

何も知らないのなら、彼女も僕のことを「クズ」と呼べばいいのだ。決して仲良くなろうとしてはいけないのだ。

席替えの知らせが届かなくても、体育で誰《だれ》ともペアを組めずとも、文化祭の打ち上げに誘《さそ》われなくても、女子に下の名前を覚えてもらえなくても、グループ活動で誰からも仕事を頼《たの》まれなくても。

そんな中でも、クズでも、３６９位でも、他人の視線さえ無視すれば、僕はのうのうと生き延びていけるのだから。

《ハロー、聞こえているかい？》というメッセージが、その日の夕方に届いた。

僕の両親は共働きで深夜まで帰ってこないのが常だった。

そして、僕には兄弟も姉妹もいない。だから、家に帰ると必然的に一人になるわけだ。学校でもそう変わらないけれど。

小学生の頃、よく周りの大人たちは勝手に心配してきたが、むしろ憐《あわ》れまれる方が鬱陶《うっとう》しい。一人で晩御飯というのもこなしてしまえば、案外、慣れるのだ。とくに子供のときからの日常ならば。

僕はキャベツと玉ねぎ、そして豚バラ肉を味噌《みそ》で炒め、別の鍋《なべ》でさっさと万能ねぎの鶏《とり》がらスープを作り、炊きたてのご飯と一緒《いっしょ》に食べた。両親の分はラップをかけて、冷蔵庫に入れておく。

それから二十畳以上の趣味《しゅみ》よく整頓《せいとん》されたダイニングで、僕は一人でライトノベルに読みふけるのだ。いつもの通りの平日だ。

半分ほどページを進めると、部屋の窓際に置かれたパソコンがピコンと音を立てた。僕が液晶画面に近づいていくと、やっぱりソーさんからのメッセージだった。やけに明るい文章がチャットに書きこまれていた。

「お久しぶりです、ソーさん。昨日までは忙しかった、と言っていましたっけ？」

僕が文庫本をその辺へ放《ほう》り投げて、ブラインドタッチで返事をした。すると、すぐに向こうからの返事がきた。

《いやいや、私の話はいいよ。大して面白《おもしろ》くないから。それよりも、キミが今日学校で何があったかを聞かせてよ》

いつも通りの言葉だった。

かれこれ半年以上、ときどき連絡を取り合っているが、ソーさんは決して自分のことを語ろうとはしなかった。だから、僕は相手の性別も年齢も職業も知らない。

彼（男か女かは分からないが、とりあえず彼）は、学校のパソコンの実習授業の際に知り合った相手だった。週に一回ある情報教育の授業中、僕はサボってネットサーフィンをしているうちに飛んだ匿名《とくめい》のチャットルームにいたのである。

たしか、向こうから話しかけてくれた。何回か会話をかわす中で意気投合した。

彼はとにかく人の話を聞きたがる性分があった。

だから、僕はいつも通りソーさんに今日の出来事を話した。彼は特に石川《いしかわ》さんのことに強く興味をもったようだ。本名は出すわけにはいかないので、Ｉさんと命名。

《Ｉさん、か。彼女との会話というエピソードで明確になるのは、やはりキミという存在の中途半端《はんぱ》っぷりだねぇ》

パソコンに書かれたのは、容赦《ようしゃ》ない毒舌だった。これもまたいつも通り。

《ヒトからどう思われようが、動じない。そんな人間を装《よそお》っているにも拘《かか》わらず、たかが同じクラスの女の子に話しかけられた程度で舞《ま》い上がっている。結局、キミは普通の男子中学生ということか。あぁ、情けない、情けない。仮にクズに美学があったとしても、キミはそれさえ持ち合わせていないんだ》

「誰《だれ》も、自分が特別な中学生だなんて思ってないよ。別に美学なんて求めていない」

というより、そもそも舞い上がっていたのか？　いや、それは少しくらい当てはまるかもしれないけれど。

《まぁ、キミが情けないことはいつものことだがね》

「ウルトラうるせぇ。自覚しているよ」

《ともあれ何より重要なのはキミの気持ちだ。キミはIさんのこと、どう思った？　いいや、言わなくても想像がつく。妄想《もうそう》しているんだな？　クズな人間というのは恐《こわ》い。性欲だけは有り余っているのに、相手がいない。候補が一人でも現れたら、すぐに浮かれやがる》

「……」

その文章を三回黙読《もくどく》し、そして一回だけ音読したあと、僕は席を立ちコップ一杯の麦茶を飲んだ。それから洗面所へ行ってから、蛇口《じゃぐち》を全開まで捻《ひね》って、大量の水で顔を洗っていく。

理由は単純、動揺を隠《かく》すため。

ソーさんの推理はほとんど当たっているからだ。コンチクショウ、クズというのは行動が読みやすいものらしい。なんて簡素な生物なのだろう。ミドリムシか？
仕方なく僕は開き直って「なにか文句あるのか？」という文章を打ち込んだ。
ソーさんの返事はすぐに返ってきた。
《やれやれ。キミはせめて美しきクズを目指そうとは思わないのかい？　なんだ、その軟弱な精神は。他人に罵倒《ばとう》されても媚《こ》びず、可愛《かわい》い女の子に言い寄られたら平手打ちで返し、金と権力だけ卑《いや》しく集めて、貧乏人どもを踏《ふ》みにじるような》
「待て。それのどこが美しいんだ？」
《全部》
「まじか」
《私はね、キミを不安に思うよ。女子に好かれたいのか、好かれたくないのか、どっちなんだ。キミは一生、ニヒル気取って生きるつもりかい？》
「言いたいことは分かるけどさ、いや、実は半分も理解できないけれど」
《そう、半分だ。もう中学生も半分終わりなんだ。なにか悩みでもあったら、私はいつでも相談に乗る。だから、キミも自身の生き方を考えてみたらどうだい？》
「むぅ……」
自分の生き方なんて言われても、なぁ。
僕は画面を睨《にら》みつけながら考える。けれど、なんと返していいのか思い浮かばず、仕方なく

「そういえば、ソーさんって何歳なんですか？　高校生？　社会人？　やけに上から目線ですけど」と話題を変えてみた。

《呆《あき》れた。話題を変えて逃げるかい》返答はすぐにきた。画面から溜息《ためいき》が届いてきそうだ。

《私のことはまたいつか教えるよ。では、また》

僕の質問をはぐらかし、ソーさんはチャット画面から消えていった。

逃げてんのはどっちだよ、と僕は誰《だれ》もいない部屋でツッコミを入れた。

†

ときどき、昌也《まさや》ならどう思うのか、と考えるときがある。

あるいは、尋ねてみたら、どんなアドバイスをくれるだろうか？

良かったら教えてほしい。

同盟相手であるこの僕に。

†

それは五日後のことだった。

こういうのって、何か名前がついていないのだろうか？　案外、みんなも経験あるんじゃない？　なにかの拍子で知り合った人と、絶対に今まで会ったこともないはずなのに、道端《みちばた》での遭遇頻度《そうぐうひんど》が格段にあがる現象。

とにかく、僕は石川《いしかわ》さんに再び出会ったのだ。

彼女は涙を流していた。

意外に思われるかもしれないけれど、僕は放課後、月に二回くらいの頻度で街のプラネタリウムに訪れる。ここで大事なのは、僕は別に星なんか興味がないということだ。夜空だってわざわざ見ようとは思わない。星座盤《ばん》の使い方さえ忘れてしまっている。つまり、僕はプラネタリウムが好きなのだ。理由を聞いてはならない。どうせ突き詰めれば、僕特有のクズ思考へと繋《つな》がるかもしれないから。

このドームの中にいる間だけは、なにもかもを忘れていたいのだ。

忘れていたいという願望さえ忘れていたいのだ。

だからプラネタリウムの中で石川さんを見かけたのは完全な偶然だった。

石川さんは映写機を挟んだ向かい側にいた。僕はそのことを上映中に気がついた。平日であるせいか、それとも科学館がさびれているせいか、観客は極端《きょくたん》に少ない。館内には僕と石川さんしかいなかった。小さな半球体の天井《てんじょう》に映し出される無数の星は、僕ら二人だけを包んで廻《まわ》っていた。

天の川は彼女の真後ろへと流れていき、彼女の顔を照らした。

石川さんの顔でなにかが光を反射しているように見えた。

僕はその正体をぼんやりと考えて、やがて納得する答えに辿《たど》り着いたときに上映は終わった。

「どうして泣いているの？」

そして僕は尋ねていた。学校のときとは違い、特につっかえることなく言葉は出た。

石川さんもどこかのタイミングで僕に気がついたのだろう。特に驚《おどろ》いたリアクションを取ることなく、

「泣いていません」

と真剣なまなざしで答えた。

意味不明だ。

なにせ普通に涙ぼろぼろ流して、頬《ほお》まで届いているんだもん。よく否定できたな。

「どう見ても泣いてない？」

「みまち、がいです」

「いま、しゃっくりしなかった？」

「気のせいです」

「プラネタリウムの神様に誓《ちか》って？」

「もちろん、ですとも」

けれど、頑《かたく》なに彼女は認めようとはしなかった。両手の拳《こぶし》をぐっと握りしめて、両膝《りょうひざ》に強く押し当てながら震《ふる》えている。

先に折れたのは僕だった。石川《いしかわ》さんの涙を証明したところで得になることは一個もないのだから。石川さんは泣いていない。それでいいじゃないか。あぁ素晴らしい世界。

だから僕は観客席から立ち上がって、映写機の周りを回るように彼女の方へと歩いていく。

それからカバンから一枚の板チョコレートを取り出して、彼女へと渡した。

「ほら、なにかを食べながら泣くって難しいから」とついでに言ってみる。

我ながらもう少し気の利いたセリフは言えないものか、とはツッコミたくなるけれど。

当然、石川さんの反応は無言で、ただ僕からチョコレートを受け取っただけだった。

それを見届けると僕は背を向けて、いち早くこの場から離《はな》れることにした。柄にもないことをするって、けっこう恥《は》ずかしい。でも柄にもないことを一切しない人間なんていないだろう？

珍しいことをしたもんだ、と思いながら僕は出口の方へと進んでいく。

そのとき、僕の右手が誰《だれ》かに摑《つか》まれた。指先からあたたかな体温が伝わってくる。

僕が振り向くと、石川さんは瞳《ひとみ》に涙を溜《た》めながら、僕の方をじっと見つめていた。そして、とても小さい、まるで幽霊《ゆうれい》みたいなか細い声で言った。

無音のドームの中で、彼女の声だけが響《ひび》いた。

「わたし、本当に菅原《すがわら》くんが羨《うらや》ましいです……」

だっ嘘《うそ》だ。

僕はすぐに理解できた。そんなの嘘なのだ。なんとなく呟《つぶや》いてみただけの言葉なのだ。だって、僕みたいなクズに石川さんが憧《あこが》れるわけがない。全世界の誰一人、アフリカの子供たちに多額の募金をする人だって、僕には愛を与えない。羨望《せんぼう》なんかされるわけがない。きっとソーさんに笑われる。これだからクズは単純だって。

でも、それでも、そんな見え見えの嘘だって。

人間力テスト369位。

誰からも、性格を認めてもらえないクズ。

そして、そんな僕を泣きながら『羨ましい』と告げる石川さん。

以上は、岸谷昌也《きしたにまさや》が亡《な》くなる二ヶ月前、街外れのプラネタリウムでの邂逅《かいこう》。

一体、僕はなにを選ぶのか？

秘密兵器

では秘密兵器の出番である。

だから、わたしは「さよぽん、さよぽん、さよぽん、さよぽん、さよぽん、さよぽん」とひたすらスマホに向かって連呼していた。おそらく数十回くらいは言っていると思うけれど、なかなか向こうからの反応が返ってこない。しかたない。百回、続けてみよう。

だって、他に頼《たよ》る手段がない。既《すで》にクラス名簿《めいぼ》を片っ端《ぱし》から電話をかけて「ぜひとも話を聞かせてください」と願ってはみたが、全部断られている。早くも手詰まり。

だが、現段階の情報ではとてもじゃないが、事件の真相なんて推理できないのだ。なにせ、わたしが知るところの事件を時系列にまとめるとこうなる。

①校長がヘンテコな人間力テストを導入。

②十一月、ネットの書き込み、菅原《すがわら》が起こした傷害事件によって、昌也《まさや》たち四人が一人のクラスメイトにイジメられたことが明るみにでる。

③母親たちや学校が菅原拓《たく》を処分、以降菅原を厳重に監視、昌也たちから隔離《かくり》するように努

める。

④十二月、昌也は精神異常をきたしたのち、自殺。

推理できるかっ、と怒鳴りたくなるほど情報不足だ。

特に意味不明なのは三番と四番の間。菅原拓は一体どうやって、昌也を追い込んでいったのだろう？　それが分からなければ、誰《だれ》も菅原を責めることはできない。

だから完全に行き詰まったわたしはたとえ中々繋《つな》がらなくても、秘密兵器こと紗世《さよ》、通称「さよぽん」へ電話をかけることにしたのだ。紗世は通う大学こそ違うものの、小中高と子供のときから、勉強に苦しむわたしを何度も救ってくれた幼馴染《おさななじみ》なのだ。

《うるせぇな！　呪《のろ》いみたいな留守電残すな、アホ野郎》

百回までさよぽんを唱えたところで、やっと向こうから言葉が聞こえてきた。普段通りのガサツな声だ。

《しかも、なんでお前は電話に出た瞬間《しゅんかん》、『さよぽん』しか言わないんだ》

「さよぽん、聞いて、さよぽん」

《無視か》

「わたしの弟の事件は知っているでしょ？　そのことを現在、調べているんだけど……」

そこから、わたしはマスコミや親から聞いた情報などを全部紗世に伝えた。整理しないままの情報をひたすらに彼女へとぶつけていく。話していくうちにわたし自身が混乱するようだったが、紗世《さよ》はすべてを聞いた上で「なるほどな」と理解したように言った。

《まぁ、さすがにニュースで見るからな。事件の概略《がいりやく》は知っていたけど》

「さよぽんの見解を教えて」

わたしはそう伝えてみたが、電話口からなかなか返答が返ってこなかった。なんだか向こうも悩んでいるみたい。憂鬱《ゆううつ》とした息遣いが聞こえてくる。

《あくまで一般的な感想としてだからな？》そう前置きしてから紗世は言う。《普通に考えれば、菅原《すがわら》が昌也《まさや》たちをイジメていた可能性は低いんじゃない？》

「……どういうこと？」とわたしは訳が分からず聞き返す。

《いや、怒《おこ》るなよ？　ただ昌也ほどの人間が、たった一人の中学生にビクビク怯《おび》えていたとは思えないだけだよ。菅原自身が『イジメは発明だ』とか腹立つことを語るのは、自《みず》らに注目を浴びさせる演技。そして黒幕は他にいるんじゃないか？》

「黒幕説か……可能性としてはあるけど。でも、それだと、おかしいことがあるよ」

悪くはない推理だと思うけれど、妙な点が残る。

「黒幕がいた。だったら、昌也の遺書にはなぜ菅原の名前しかないの？」

そう、だから難しいのだ。昌也でさえ黒幕の存在が見抜けないという可能性を抜かせば、このイジメは菅原拓《たく》という「一人の少年」のみで行われたことになる。自殺まで一ヶ月間、徹底《てってい》的《てき》に監視されていた中学生が。

わたしはどうしようもない行き止まりに溜息《ためいき》をついた。紗世も同じようで熊《くま》が唸《うな》るような声が電話先から漏《も》れてくる。

《かーっ、分からん。分からんな。なぁ、昌也以外のイジメの被害者の三人は学校に話したんだろう？　なんて話したんだ？》

「菅原拓にイジメられていた。傷害事件後はよく分からない。それだけみたい。なにかに怯えるように、本当にそれだけしか言わないんだって」

《そうか……》

「やっぱり内部の生徒に聞くしかないかぁ。だれか話してくれないかなぁ。菅原拓と昌也の関係を」

《だよなぁ……菅原拓か……》

そこで紗世は言葉を切り、押し黙《だま》ってしまった。なにやら長考タイムに入ったようだ。時折、彼女は完全に沈黙《ちんもく》して、自分の世界に入ってしまうことがある。大抵、話しかけても聞こえないので、わたしはしばらくスマホのカバーを親指でいじって暇《ひま》を潰《つぶ》す。

少々の時が流れたあとで、電話の向こうで何かを決意したように《よし！》という声が聞こえてきた。

《香苗《かなえ》、ちょっとこの事件の調査、私にも協力させてくれ》

紗世の鼻息が電話から聞こえてくる。

《私だって、昌也《まさや》と何度か遊んでやったからな。このままで終われるか》
「おぉ。どうしたの？　もともと頼《たの》むつもりだったけど」
《いや……私だって、いろいろ、この事件には思うところがあるんだよ。それに、なんだかさ……》紗世《さよ》はそこでまた何か言いにくそうに言葉を詰まらせてから口にした。《なにより、お前が心配だ》
いつも豪快《ごうかい》な幼馴染《おさななじみ》にしては、あまりに優しいお言葉。ちょっと驚《おどろ》いた。
「……心配されちゃった」
《……しちゃったな。そりゃあ、幼馴染の弟が亡《な》くなって、気にすんなって方が無理だろ。お前、無理に明るくしようとしてない？》
「うん、少しだけね」
《あんまり見栄張るなよ。辛《つら》かったら、なんでも話せ。なんか去年あたりから、ＳＮＳでも鬱《うつ》ツイートしかしてねぇじゃん。ほら、お前の失恋の噂《うわさ》も聞いているからさ》
「そっか……ありがとうね。でも大丈夫《だいじょうぶ》。いまは昌也のことが重要だから」
《そうだな……じゃあ、ちょっくら私も本気だしてやるよ》
電話の向こうで紗世が不敵に笑みを浮かべる姿が想像できる。
うむ、なかなかに良い親友をもったものである。そして、心強い協力者を得た。
わたしは心の中の温度が上昇していくのを感じながら、お礼だけ言って電話を切った。

紗世の方から再び電話がきたのは、協力を得た日の二日後だった。
《やっぱり親を通すと弾《はじ》かれるが、子供側には話す気満々の人間もいるらしいな》
「もしもし」も言わずに紗世は開口一番に語りだした。しかし、その内容はわたしが最も期待していたものだった。
「えっ？　ってことは？」
《うまくいったよ。今日の放課後、駅で会ってくれるって。お前、行けるよな？》
「もちろん！　さすが、わたしの秘密兵器」
詳しく紗世に尋ねると、久世川《くぜがわ》第二中の生徒が彼女の友達の弟の友達にいたらしい。しかも、昌也のクラスメイト。まさか、こんな素晴らしい人間に話が聞けるとは思わなかった。やはり彼女には、わたしにはない人脈がある。
「よく約束できたね。いつも自分が昌也の姉ってことを伝えると、すごい勢いでドン引きされて断られるんだけど……」
《お前、正直すぎるぞ……そりゃ重たいだろう》紗世は呆《あき》れたように言った。《だが、これで大人たちには見えない話が聞ける。もしかしたらクラスメイトは何か知っているかもしれない》
「うん、まったく謎《なぞ》のイジメの話とかね……」

《任せたぞ。真相を聞きだすのはお前の仕事だ》

頷《うなず》いて、再びお礼を言ってから電話を切る。

わたしはコーヒーでも淹《い》れて、質問事項を整理しておこうと居間へと向かった。現在は下宿先から実家に戻っているのだ。大学の講義も三年後期になるとほとんどないし、昌也《まさや》の調査をするならあまり久世川《くぜがわ》第二中学校から離《はな》れない方がいいと思ったのである。

家にあったコーヒー豆を思い出しながら階段を下りると、居間には母がいた。長髪を頭の後ろで留めて、パソコンに向かって、何かを懸命《けんめい》に打ち込んでいるようだった。

「母さん、何を作っているの？」

わたしが尋ねると、母親は顔をあげ、疲れた笑いをみせた。

「連絡網《もう》よ」

「なんの？」

「学校教育を改善する会。まだ名前は決まっていないんだけどね。これ以上、昌也みたいな犠《ぎ》牲者《せいしゃ》を出さないように久世川第二には頑張ってもらわなきゃいけないわ。だとしたら、ほら、わたしが動かないと」

確かに、自殺した生徒の母親というのはリーダー性としては十分だろう。もう昌也がいないにも拘《かか》わらず、母さんは学校を変えようとする気なのだ。母さんは慣れない手つきで文字を打ち込んでいった。その横顔は昌也が亡《な》くなる前より、はるかに老《ふ》けてみえた。

「菅原拓《すがわらたく》は厳重に罰《ばつ》しないといけないわ。悪魔《あくま》には制裁が必要よ」

そうして彼女は忌々《いまいま》しそうに呟《つぶや》いた。

「確かに、昌也はやつに殺された。けれど、わたしと悪魔の闘《たたか》いはまだ終わっていない。わたしは絶対に許さない。絶対に破滅《はめつ》させる。追い込んで、追い詰めて、ボロボロにしてみせる」

その言葉はなんだか自分の母親のものではないようで、わたしは少し恐《こわ》くなった。

思い出されるのは、菅原拓の言葉。

『革命はまだ終わらない』

果たして事件はもう終わったことなのだろうか？　それとも、まだ始まったばかりなのだろうか？

わたしは嫌《いや》な予感がしてならなかった。


紗世《さよ》が紹介してくれた相手は、加藤幸太《かとうこうた》と言った。

初対面の印象は、もやし。この比喩《ひゆ》がここまで似合う人間にめぐり合うのは初めてだったので、わたしは思わず喫茶店ではなく牛丼屋へ目的地を変えるところであった。まずは精をつけないと！　ほとんど骨しかない細長い手足、血の気のない顔、常に半開きの口元、左右のバランスが合っていないメガネ。どこもかしこも、ザ・もやしだった。

わたしは凝《こ》った置物が店中に置かれたアンティークな雰囲気《ふんいき》のあるカフェへ彼を誘導《ゆうどう》した。コーヒーが一杯六百円もするような場所。間接照明が照らす薄暗《うすぐら》い店内の奥の席に、わたしたちは座った。

彼はホットレモネード、わたしはホットコーヒーを注文し、飲み物が出てくるまで雑談したあと、質問を切り出した。

「最初に、なんでもいいから、二人の印象だけ話してくれないかな？　加藤《かとう》くんから見た、岸《きし》谷《たに》くんや菅原《すがわら》くんの雰囲気を」

まずはそこから聞くと、加藤くんは「はぁ」と呟《つぶや》いた。

とりあえずは簡単に答えられる質問から始めることにした。漠然と菅原拓《たく》は性格悪いやつというイメージはあるものの、実際確かめたい。それに、わたしも学校にいる昌也《まさや》の様子までは知らなかったのだ。

「マサ、あぁ、岸谷昌也のあだ名です、アイツは一口に言えば人気者でしたね。なにかイベントがあれば間違いなくリーダーシップをとりましたし、勉強は飛び抜けていましたから。だから、みんなアイツをチヤホヤしていた。あぁ、もちろん俺も尊敬していました。マサがイジメの被害者なんて最初は考えられなかったですね。加害者でも被害者でもアイツはイジメという概念《がいねん》から無縁だったから」

「うーん、さすがだねぇ」

これは予想通り。昌也の家での雰囲気と変わらない。

「じゃあ菅原くんは？」とわたしは続いて尋ねる。

すると加藤くんは眉間《みけん》にしわをよせて、ゆっくりと口にした。

「ん、いや、菅原は……なんでしょうね。暗いやつ、と言うのも変か。明るくはなかったです。嫌《きら》われていた、というわけでもないんですが、とにかく存在感がなかったですね。たぶん、教室で一番目立たなかった」

「ん？」

これは予想外。ニュースや学校から聞いた情報では、もっと不遜《ふそん》で偉そうで捻《ひね》くれた中学生だったはず。わたしは手を使って、加藤くんの言葉を遮《さえぎ》って言った。

「地味ってこと？　マスコミが言うような、悪魔《あくま》とは違って」

「あ、確かに不気味《ぶきみ》でしたよ。なにを考えているか分かんなかった。でも、そんな不良生徒みたいなやつじゃないです。頭も悪かったし、運動もできなかった。昼休みは一人で漫画や小説を読んで静かでいるようなタイプ」

「他には……ある？」

「そうですね、あと、周囲の人間に無関心なように見えました。根本的に他人に興味がない、というか。話しかけても無視するというか。対人恐怖症とは違うんすよ。だから、やっぱり悪魔だったのかもしれません。気持ち悪かったですもん」

それから加藤《かとう》くんは菅原拓《すがわらたく》の「気味悪さ」を何回か強調して、一旦喉《いったんのど》を潤《うるお》すようにホットレモネードを飲んだ。

その間、わたしはノートを見ながら、聞かされていた菅原像のギャップを振り返る。あまりに大きい。菅原拓は悪魔《あくま》であり『お前らじゃ革命は止められないよ』と偉そうに言うようなやつのはず。でも、本当は地味なやつ？　この落差はなんなの？

なかなかに気になるポイントである。だが、推理は後にして——本題だ。

簡単にノートにメモだけして、わたしは一旦深呼吸をする。脳みそに酸素を送り込んだのち、この事件の真相に切り込むことにした。気合いを溜《た》めに溜めて、わたしはボールペンを握り直して「じゃあ……イジメのことを教えてくれるかしら？」と切り出した。

しかし、わたしの意気込みの割には、加藤くんの反応は曖昧《あいまい》だった。申し訳なさそうに答える。

「……よく分からないんです。イジメは」

うつむきながら、加藤くんは呟《つぶや》くように口にした。

「どういうこと？　菅原くんが水筒で殴《なぐ》ったあとの一ヶ月間、表面上は何もなかったってこと？」

質問を具体的にして、わたしは訊《き》いてみる。

けれど、彼は再び首を横に振った。

「いや、違うんです。それも含めて、最初から最後まで。傷害事件でイジメが発覚する前も後も、その現場を見た人間は一人もいないんです」

「…………え？」

わたしは思わずノートを取り落としそうになった。けれど、かろうじて掴《つか》み、テーブルに乗り出して加藤くんの顔を見る。

それから茫然《ぼうぜん》と質問を口にする。

「どういうこと？　ネットに投稿された内容では、ハチの死体を食べさせられたり、針で背中を刺されたりって……」

「だから、誰《だれ》も目撃《もくげき》していないんですよ。そんなの。どちらかがイジメている空気さえ無かった。その内容がネットに書き込まれるまで、いや、書き込まれて話題になっても気づかなかった。菅原が昌也《まさや》を水筒で殴るまで、クラスの全員が誰一人としてイジメに気がつかなかったんです」

「……っ」

どういうこと？

さすがに混乱してくる。

誰にも気づかれずに人気者たち四人を一人で虐《しいた》げていた？　そんなこと可能なのか？

無茶苦茶《むちゃくちゃ》だ。人気者が少しでも憂《うれ》いの表情を浮かべれば、クラスメイトがすぐに心配するはずだし、彼らなら相談相手だって山ほどいるはずだ。ありえない状況だ。

なんだか腹が立ってきたので、横にあった砂糖を二個ほどコーヒーの中に入れる。格段に甘くなるだろうけれど、元々わたしは甘党である。少しでも頭の回転を速くしておきたい。

わたしはそのコーヒーを口にしたあとで、加藤《かとう》くんに尋ねた。

「……イジメは、本当にあったの？」

「チラリとした影はあったから、たぶん。マサの体操服が誰《だれ》かに切り裂《さ》かれていたこともあったし……」

「影だけ、か」

「それにマサ、シュン、タカ、コウジの四人はイジメられたと主張して、菅原《すがわら》も認めているから……加害者も被害者も言うんだから、本当にあったんだと思います」

わたしは最《も》早《はや》、溜息《ためいき》をつくしかない。

少しは真相に近づけると思ったが、完全に失敗である。もちろん加藤くんは悪くないけどね。でも、ちょっと落胆してしまう。

これで被害者の自宅、パソコンメール、スマホには何一つ手がかりなしというのだ。警察や学校だってお手上げなわけである。菅原拓《たく》が昌也《まさや》たちを追い込んだ決定的なものが見つからない。

加藤くんがイジメに関して何も知らない以上、この話題で訊《き》けることはない。後はもう確認事項だけ。なんだか敗戦処理をする投手の気分だ。

　わたしはノートに事前に書き込んでおいたことを加藤くんに訊いていく。

「えぇと、じゃあ、傷害事件後、菅原が岸谷《きしたに》くんを水筒で殴《なぐ》った後のことを教えて。話によると、菅原くんは孤立したみたいだけど」

「まぁ、元々菅原は孤立していましたが。あ、でも、一部の女子からは逆にイジメられていたみたいですね。マサのファンというか、仲間からの逆鱗《げきりん》に触《ふ》れて。まぁ、それよりも辛《つら》そうなのはアレですかね、テレビは学校の不手際《ふてぎわ》しか取り上げないから……」

「ん？　取り上げない？」

　すると、言いにくそうに加藤くんは告げた。

「菅原は一週間、土下座《どげざ》させられていたんですよ。学校中を回って」

　わたしは再び「は？」とだけ言葉を発して、固まってしまった。これまた、まったく知らない事実であった。思わぬ情報。いや、確かに断片的には聞いていた。

　学校や保護者は菅原拓に厳重な罰《ばつ》を与えた、と。

　けれど、そこまで過酷《かこく》で、歪《ゆが》んだ罰とまでは聞いていなかった。

「なんでも学校や保護者で取り決めたそうです。一週間、昼休み、三年から一年までの教室を回ってひたすら土下座させる。ちょっと惨《むご》いですよね。全校生徒にイジメの首謀者《しゅぼうしゃ》を晒《さら》し回るんだから」

「え、なんでそんなことを？　あ、いや、加藤《かとう》くんの答えられる範囲《はんい》で教えて」

「たぶん、菅原《すがわら》が恐《こわ》かったんじゃないですか？　だって誰《だれ》にも気づかれず、誰にも知られずに、四人のクラスメイトを嬲《なぶ》っていたんですから。それに全校生徒が菅原の顔を覚えれば、みんなが菅原を監視するわけですからね」

　確かに話の筋は通っているように見える。先生側が見えなかったイジメを、生徒同士で菅原を見張らせるのは納得できる。

　だが校内を土下座《どげざ》しながら回る必要まであったのだろうか？

　合理的なのか。けれど、これではあまりに――。

「お願い続きを教えて」急ぐ気持ちを抑えながらも、わたしは訊《き》いていく。「そして、その土下座回りから昌也《まさや》、あ、岸谷《きしたに》くんが自殺するまでに何があったの？」

「特別なことはないですよ。ただマサの様子が徐々におかしくなるのは分かりました。なんだか、人を避《さ》けるようになって。あんまり笑わなくなって」

「それは菅原くんが何かをしたから？」

「だから誰も分からないですってば……みんなは断然マサの味方ですし、菅原の敵です。なのに、なぜか壊《こわ》れていったんです。菅原が何かをしたとしか……」

　壊れた、という表現が少し気に食わなかったが、ここで怒《おこ》るほど短気ではない。わたしは質問を続ける。

「それを見て周りはどう対処していたの？」

「もちろん、心配しました。菅原につけられた痣《あざ》は痛々しかったです。みんなで菅原をイジメて、昌也たちと菅原を遠ざけることに努めて、学校全員で昌也を護《まも》って、菅原と戦ったんです」

「全員……菅原くんの味方は本当にいなかったのね？」

「い、いや、さすがにそこまでは言い過ぎました。きっと、何人かは菅原に同情するやつもいたでしょうし」

同情？　菅原に？

わたしは「なんで？」と問いかけてみる。やや口調が強くなったのは、申し訳ない。もう少しで何か重大なことが聞けそうな予感があったのだ。

言いにくそうに加藤くんは顔を俯《うつむ》かせた。

「えぇと、何も知らない上級生や下級生とかが、そう思うかもってだけです。菅原の土下座はインパクトが強すぎましたし、ちょっと誤解している人間がいても不思議じゃない。元々、学年以外の人間でマサを好かないやつは少しはいたんですよ」

「ん、どうして岸谷くんが嫌《きら》われているの？」

そこで加藤くんは口にした。

「マサの母親、けっこう有名だったんですよ。ほら、よくニュースでやるモンスターペアレント。授業内容だとか、テストの採点方式とか、すぐにクレーム入れるようで。その事実を知っている人間はけっこう嫌《きら》っているようでしたね」

そんな事実、聞いたこともない！

「……岸谷《きしたに》くんの母親はそんなに酷《ひど》かったの？」わたしはできる限り、自分の感情を押し殺しながら言った。今日のヒアリングは、全部、こんなのばっかだ。

「ええ。だって、PTAの副会長でしょ？　マサ自身も嫌《いや》がっていたみたいですしね。マサが忘れ物をしたことを咎《とが》めたらクレーム、擦《す》り傷を負ったらクレーム。擦り傷なんて間違いなく家で負った傷なのに、体育のせいにして。マサ自身も隠《かく》したらしいんですけど、どっかからネタを見つけてクレームを入れるようで」

「……そう、なんだ」

そして、得られた情報は衝撃的《しょうげきてき》なものだった。

口の中が一気に渇いてくのを感じる。

少なくとも、わたしが高校生だったときは普通の母だったはず。わたしが大学生となり実家から離《はな》れた三年間のうちに、母は豹変《ひょうへん》していたのだ。

数時間前テーブルの前で、菅原拓《すがわらたく》への怨念《おんねん》を浮かべていた母の姿が頭をよぎる。

そして確信した。菅原拓に土下座《どげざ》回りをさせたのは母なのだ。モンスターと化した母は規格外の罰《ばつ》を彼に与えたのだ。

どういうことだろう？　事件の根幹が母親にある？

話を聞きに行かなくてはならない。母親の元に。この事件、彼女はただの関係者とは言えないほど事件に絡《から》んでいる。そして、なにより、わたし自身の問題なのだ。

わたしは加藤《かとう》くんにお礼だけ言って、席を立った。

すると、彼はわたしに最後、質問をしてきた。

「あの、俺、何か言いました？　途中、様子が変でしたよ」

「大丈夫《だいじょうぶ》、ありとあらゆることは気にしないで。お姉さんは五分に一回、変になるの」

「あ、そう……じゃあ一ついいですか？　この事件を調べているんですよね。じゃあ、マサの彼女に関しても知っているんですよね？　何か新聞以上の情報はありました？」

わたしはカバンを肩にかけながら口にした。

「いいえ、岸谷くんが自殺する三日前、階段から転落したことしか……まだ意識不明なのよね？」

「はい……こっちも大分、謎《なぞ》なんですよね。犯人は菅原拓って言われていますが、菅原はそのとき職員室で説教をされていた……」

そう、昌也の事件との関連が不明であるため後回しにしているが、謎はまだあるのだ。

昌也の恋人が、昌也の自殺の三日前に学校の階段から転落して意識を失った。

昌也が自殺する原因の一つともいえるが、こればかりは事故の可能性もある。とりあえず、わたしが調査するべき最優先事項は昌也のことなのだ。

わたしは彼に再びお礼を言って、その場を去った。

わたしはまっすぐ家には帰らなかった。

思考がまとまらなかったからである。

本来欲していたイジメの手がかりは手に入らなかったけれど、思わぬ大きな情報が手に入った。土下座《どげざ》回りという菅原《すがわら》の受けた重すぎる罰《ばつ》と、モンスターペアレントとなったわたしと昌《まさ》也《や》の母。

だから、頭を整理するために高校時代によく通っていた服屋だとか、大好きだったパン屋など、駅前にある商業施設をとくに目的もなく回っていった。なんだか歩幅が歩くたびに変わっていく感覚さえあって、まっすぐに進んでいるのかどうかも疑わしかった。あれ？　南ってどっちだっけ？

わたしを正気に戻したのは、紗世《さよ》からの電話だった。

彼女の声を聞いた瞬間《しゅんかん》、わたしは加藤《かとう》くんから聞いたことすべてを語っていた。紗世は黙《だま》って聞いたあと、穏《おだ》やかな声で《本当に大丈夫《だいじょうぶ》か？》と心配してくれた。

「大丈夫。話したらスッキリした」とわたしは返す。「シュウフクカンリョウ、始動します」

《そこまでボケられるなら大丈夫だな》

「わたしは探偵に向いてないのかも。もう混乱の連続」

《んなこと紀元前から知っている。で、次は母親なんだな》

紗世が冷静に今後の提案をしてくる。

「……」

だが、わたしはすぐに同意はできなかった。

《香苗《かなえ》？　どうした？》

「……いや、なんでもない。うん、たぶん母さんはなにか隠《かく》しているんだ。じゃないと、土下座回りなんて常軌を逸《いっ》した罰が下されるわけがないもんね」

わたしはその場で深く頷《うなず》いた。

まだ謎《なぞ》は多い。

──傷害事件前、誰《だれ》にも認知されなかったイジメ。

──傷害事件後、土下座をすることによって全生徒から注目されていたはずの菅原。

──そして、自殺した昌也。

それでも、少しずつ真実には近づけているはずだ。

どんどん解明していけばいい。加藤くんとの繋《つな》がりができた以上、そこから広げてもいい。母が事件に深く関《かか》わっているのならば、そこから崩していってもいい。ありとあらゆる繋がりから謎に迫っていくのだ。

《徐々にだが、事件が浮き彫りになっているな。香苗、ここが踏《ふ》ん張り時だぞ》

紗世《さよ》の励ましの言葉が電話の向こうから届く。
正直に言えば、精一杯に元気を見せる裏側で、わたしは拭《ぬぐ》いきれない不穏《ふおん》なものを抱えていた。真実に近づくたびに、だんだんとわたしの胸中に存在するべきでない感情が生まれてくるのだ。意識してはダメだと思い込むけれども。
事件を知るたびに、
昌也《まさや》のことが分かるごとに、
わたしは——欠落したお姉ちゃんは——。
「うん、ガンバル」けれど、それでもわたしは決意する。「昌也のためにね」
不安なことを考えていたらキリがない。
《うん、その意気や良し》幼馴染《おさななじみ》も満足そうに笑ってくれる。《が、その前に》
そして、そこで紗世が何かを思い出すように言った。
《香苗《かなえ》、画像送ってくれよ、画像》
「ん？」
《昌也、そしてイジメられた仲間、それから菅原拓《すがわらたく》の画像。全体写真か何かであるだろ？　それを見ておきたい。イジメの問題には外見も重要だろ？》
「あぁ、そうか。ちょっと待って。一旦《いったん》、切るね」
わたしは紗世へ画像を送信した。昌也が友人と笑い合っている画像、それから、集合写真の隅《すみ》でつまらなそうにカメラを見つめる菅原の画像。狙《ねら》ったわけではないが、そのえらく対照的な二つのものを送信した。

紗世からの反応はすぐにあった。

電話に出ると、いつもの彼女からはかけ離《はな》れた深刻な口調で告げてきた。

すなわち、

《会ったことがある》

と。

当然、わたしは訊《き》き返した。すると、紗世は答えた。

《わたし、菅原拓に会ったことがある……》

つまりは、彼女も本格的に巻き込まれることになったのだった。

菅原拓の革命戦争に。

内臓が破裂《はれつ》した猫の遺体が家に届いたのは、その翌日のことであった。

『革命はさらに進む』というメッセージと共に。

やはり、それは動き始めている。

徐々に。しかし確実に。

カクメイ

僕にとって石川《いしかわ》さんは分からないことだらけだ。

結局、どうしてプラネタリウムで石川さんが泣いていたのかも僕には見当もつかない。

おそらく僕には想像もつかないような事情がそこにはあって、僕がほんの少しの好奇心で踏《ふ》み入れようものなら、ズタズタに切り裂《さ》かれるような世界なのだろう。

だから、僕はなにも詮索《せんさく》することなく、あの場を去った。つまり逃げた。

傷つきたくなかったから。

クズ。

それが僕の行動を説明するのに、ふさわしい。

✝

言い訳をさせてもらうと、別に僕だって昔からずっとこうだったワケじゃない。

一年前。

僕は昌也《まさや》とバスで一緒《いっしょ》になったことがある。

岸谷《きしたに》昌也。天才で人気者だ。中学一年の四月の頃《ころ》からクラスの中心であったし、いつも彼の周りには同性異性問わない笑顔があった。しかもその頃はちょうど体育祭もあり、リレーのアンカーとして華々しい逆転勝利を収めたので『一組に昌也あり』と誰《だれ》もが噂《うわさ》するほどの絶頂期だった。誰がそんなセンスのない文句を言いだしたのだろう？　馬鹿《ばか》？

けれど、僕でさえも彼には一目置いていた。一目でも二十五目でも置かせてもらっていたくらい。文武両道の人間なんて、文武無才の僕には逆恨《さかうら》みの対象ではあるが、彼は例外。昌也を軽蔑《けいべつ》すると、軽蔑する自分が卑小《ひしょう》な存在に感じられるのだ。それほどまでに彼は別格だった。

そんな昌也とたまたまバスで隣《とな》り合った。

「お、菅原《すがわら》。ちょっと座らせてくれよ」

彼は爽《さわ》やかな整髪料の匂《にお》いをまといながら、僕の横に座った。それから、自然に、僕にとっては神業《かみわざ》に近い芸当だけれど、違和感なくクラスメイトに話しかけた。

つまりは僕に話しかけてきた。

「そういや、菅原と話すのって珍しいな。入学式から、まったく接点なくね？」

「あぁ、そうだね」

あまりに気軽に言ってきたので、無意識に返答していた。無視しようと思うことさえできない力がそこにはあったのだ。

「だよな？　あぁ、すっげぇ。珍しいこともあるんだな。グループワークでも一緒《いっしょ》になったことねえし、菅原《すがわら》って放課後や昼休みになるとすぐ姿を消すからな。今日はたまたま、おれの部活が休みだったから、話せたけどよぉ」

「まぁ、どうせすぐ消えるような儚《はかな》い存在ってことじゃない？」

「勝手に消えんな。お前とずっと話したがっている奴《やつ》も世の中いるんだぜ？」

「どこの星に？」

「地球だよ。って、なんだその返しは。日頃《ひごろ》、何考えてんの？」

「アフリカの飢えている子供たちのこととか」

「お、おぉ。なんかスゲェな」

まさか、世界有数の先進国にいる住民の分際《ぶんざい》で日々呪《のろ》いをかけているとは言えない。

けれど、昌也《まさや》は僕が国際開発に関しての歴史的考察でもしていると誤解したのか、しきりに頷《うなず》いていた。

「おまえ、偉いな。ちょっと見直したよ。壮大なことを中学のときから考える。きっと、おまえみたいなやつがノーベル賞をとるんだよ。うん」

「岸谷《きしたに》くんは細かすぎるんだよ。箸《はし》の持ち方が違う人みるとイライラするって噂《うわさ》、ほんとう？」

「マジ、マジ。なんだろうな、姉ちゃんが大雑把《おおざつぱ》なせいか、おれが滅茶苦茶《めちゃくちゃ》細かい性格になったんだよ。潔癖《けっぺき》？　なんか変な性格」

なかなかに難儀《なんぎ》な人なんだなぁ、と僕は思っていたが、そこであることに気がついた。

僕が普通にクラスメイトと会話を交わしているのである。それは周りから見れば当然のことかもしれないけれど、僕にとっては十分に異常な出来事だった。

だから、僕は昌也をじっと見つめてしまった。彼は不思議そうに首をかしげた。けれど、僕は見続ける。つい、数秒前に起こったことが信じられなくて。彼の鼻を、目を、耳を、口元を、髪を、ほくろを、全部順番に見てから理解した。これほど他人に興味を示したのは、いつぶりだろう？

彼、岸谷昌也は特別な力を持っている。

人を惹《ひ》きつける、ある種、絶対的に先天的ともいえる才能が。

「おい、どうした？　なんか、背後霊《ほうれい》でも見えんの？」

彼がそんな言葉を出すまで、僕は呆然《ぼうぜん》としたままだった。それほどまでに、彼の持つ才能に僕は圧倒《あっとう》されていたのだった。というか、他人の才能が感じられるという体験自体が驚《おどろ》きだったのである。

まったくの異世界人との遭遇《そうぐう》。

クズにさえなりきれないほどのクズが僕なのならば、生まれた時から天才だったのが昌也だった。

昌也《まさや》とバスで会話した後、二ヶ月間、僕はまっとうな人間に戻ることができた。

他人から話しかけられたら何かしら必死に答えて、給食を食べる際は目の前に座る女子に話題を振ってみた。授業中はノートを真面目《まじめ》に取るようになり、宿題は忘れずに提出するようにした。

たぶん、僕は昌也を嫉妬《しっと》し、羨望《せんぼう》し、尊敬したのだろう。それほどまでに彼との出会いは強《きょう》烈《れつ》だった。

まぁ、前述したように、たった二ヶ月で終わったのだが。

「人間力テストが高いからって、調子に乗っているやつって嫌《いや》だよね」

昼休み、教室の隅《すみ》っこで、僕が女子の雑談を盗み聞きしたのが契機だった。

そのとき、僕は読書に徹《てっ》していたからか、彼女たちは僕がそばにいることなど気にせず話し続けていた。

「特に三組にさ、普通にテストカードを他人に見せちゃう人間とかいるんだって」

「テストカードって、人間力の？　うわぁ、絶対、高順位でしょ？」

「そうそう。学年12位。それを見せびらかすとか引くわー」

「え？　名前は？」

「石川琴海《いしかわことみ》って天然ボケしたやつ。知らない？」

彼女たちの下らない雑談は次第にエスカレートして、やがて、

「ちょっとイヤガラセしてやらない？」

という提案が出てきてしまった。

彼女のあまりに何気なく口にした言葉の残酷《ざんこく》さに、僕は背筋《せすじ》が凍《こお》る思いがした。

だから、反射的に立ち上がっていた。そして、目を丸くして固まる彼女たちに一歩近づいて行った。正直に言えば、僕は彼女たちに向けられる視線に恐怖も感じていた。子供のときから、ずっと浴びてきた侮蔑《ぶべつ》の目であった。

もしかしたら僕だってクズから脱却して、昌也のようなヒーローになりたかったのかもしれない。

「お前たちは最低だ」僕は勇気を振り絞り言葉をぶつけた。「伝聞の情報だけで、よくもそんな馬鹿《ばか》げた計画を考えられるな。みっともねぇ」

すると、彼女たちはブレザーの裾《すそ》を握りしめながら、何か言いたげな顔をしていたが、やがて好奇心を伴う注目が集まってくると、逃げるようにして教室から出て行った。

僕は悪と戦ったつもりだった。

（緊張《きんちょう》したけど、うまく言えた……これで皆から受け入れられるかも）

だなんて楽観的に考えていた。

僕はその場で一回深呼吸して、再び机に戻って読書を続けることにした。

だが、現実は甘くない。

それから数日経《た》って、二学期末の人間力テストが行われた。

一学期、人間力テストでは297位だった。

二学期では、345位だった。

ほとんど最下位に近い成績。まさか順位が下がったことに驚《おどろ》き、もらったテストカードを片手に僕はしばらく呆然《ぼうぜん》としてしまった。

教室の隅《すみ》でその数字を見ていると、後ろからある男子がやってきた。

僕のテストカードを盗み見るように頭を出してくるので、反射的に僕は振り向く。そこには、同情するような視線を送る加藤幸太《かとうこうた》くんがいた。

「やっぱり下がってたよな……」彼はそう口にする。「けっこうな人数が根回ししてたよ。菅《すが》原《わら》には絶対に投票するなって」

それはご親切に。

僕が大きなリアクションをとらなかったのが不思議だったのか、加藤くんはいたわるように説明しだした。

「ほら、この前、女子になんか罵倒《ばとう》しただろう？　それが女子の逆鱗《げきりん》に触《ふ》れて、あることないことバラまかれている。『女子トイレを覗《のぞ》いた』『身体《からだ》を触《さわ》ろうとしてくる』とか」

「それが理由……？」

「うん」

「へぇ……くだらないね」

「だよな。でも、俺も彼女たちの気持ちも分かるんだ。人間力テストの上位の奴《やつ》らにイヤガラセしたい気持ち……」憐《あわ》れむように加藤くんは口にした。「だから、俺もこれ以上、菅原と話したくない。菅原に巻き込まれたくもない……じゃあな」

そして、加藤くんはまるで僕と喋《しゃべ》ったことを隠《かく》すように足早に離《はな》れていった。

その行動でやっと僕は理解する。

なるほど。僕の頑張りや努力は、滑稽《こっけい》で惨《みじ》めでどうしようもなく馬鹿《ばか》げたものであったらしい。僕としては月夜の湖で華麗《かれい》なクロールをしているつもりだったが、どうやらドブ水でもがく捨て犬のようだったのだ。

結局、僕はただ反感を買っただけだった。

だから、僕はふたたび努力することをやめた。僕ごときが頑張ってなんの意味があるというのだ。僕はできる限り目立たないように、地味な人間として生きるべきなのだ。

目に映る他人はまた色彩を失っていった。

最終的に石川《いしかわ》さんへのイヤガラセをやめさせたのは昌也《まさや》だった。なんだか心の底から尊敬してしまうよ。僕の勇気なんて彼女たちの悪意を煽《あお》るだけで何一つ意味なんてなかったのに。

この出来事が僕に教えてくれた教訓は二つ。
一、僕は昌也のようにはなれない。
一、クズの生活は楽なのだ。
こうして僕は他人のことが再び、どうでも良くなった。

僕はクズとして生きることに決めた。

そのはずだった。


「Iさんはなにを悩んでいるんだろう」

二日間くらい、彼女が泣いていた理由を頭の中で考え続けていたけれど、結局何か思い浮かぶこともなく、というより思い浮かぶわけもなく、ただくだらない妄想《もうそう》ばかり膨《ふく》らますことに終始した。限りなく、いつも通り。

僕は二ヶ月ほど人間に戻ったことはあるが、それも一年前の話なのである。それ以降はずっとクズ。彼女と僕とでは住む世界が違うのだ。昌也と僕が異世界人の関係であるように。

だから、僕は頼《たよ》れるかもしれない友人・ソーさんに尋ねていた。誰《だれ》もいない部屋の中で、僕は彼からの返事を待った。
《さぁね？　分からないよ。私は彼女を知らないからね。相談にのって欲しいなら、もう少し具体的に教えてくれよ》
だが、結局頼りになりそうもなかった。僕は詳細を書き込む気はないからだ。石川さんのことを他人にベラベラと語りたくない意地みたいなものがあった。
ソーさんは、呆《あき》れて溜息《ためいき》をつく顔文字を送ってくる。
《キミもなかなかに面倒《めんどう》な性格をしている。唯一《ゆいいつ》言えるのは、やっぱりキミは彼女のことが気になって仕方がないってことだね》
「やっぱり、そうなのかな？」
《そう、実に惚《ほ》れっぽい。愛らしいと言えば愛らしいがね》
僕はなにかを言って、反論する気分にさえなれなかった。惚れっぽい、的を射ているといえば的を射ている。
《だが、悪いことは言わない。控えなさい》そして、ソーさんは画面上でそう告げた。《キミがクズでいるのは、他人の評価を気にしなくなったのは、それで傷つくことがないからだろう？　中途半端《はんぱ》にクズをやめ、彼女のご機嫌《きげん》を窺《うかが》えば、傷つくのはキミだ。ネガティブでもポジティブでもなく、彼女がキミに惚れる可能性は乏《とぼ》しい。お洒落《しゃれ》も社交性も運動能力も学力もないキミに都合よく惚れてくれる相手が今までにいたのかい？》

僕は文字を打たなかった。思い出すのは一年前の愚《おろ》かな努力。

その間も、ソーさんは容赦《ようしゃ》ない言葉を投げかけてくる。

《もう決断をするしかないよ、菅原《すがわら》くん。彼女のために身なりを清潔にして、お洒落《しゃれ》をして、それでも自《みずか》らの個性を保ちつつ、女子の喜ぶポイントは押さえる……そんなまっとうな生き方を選ぶのなら、どこまでも突き通すべきだ。だが、そんな努力せずに彼女に好かれようなどと自分勝手な期待は彼女に失礼だ》

「……」

《選ぶんだ。クズになるのか、真人間になるのか》

それが僕に投げかけられた選択肢《せんたくし》だった。正しいことを言っているのは分かる。だが、あまりに実感が湧《わ》かなくて、僕にはどうしようもない問いなのだ。

僕は息が詰まるような思いを感じながら、チャットをオフにした。彼に相談したのが間違いだった。

そう一人で納得して、僕はパソコンの前から離《はな》れた。

それから、一人で考える。

石川琴海《いしかわことみ》は悩んでいる。

彼女に僕は何ができるのだろう？　いや、それ以前に僕は彼女に対して、なにがしたいのだろうか？　ソーさんは『決断するんだよ、菅原くん』と僕に迫るけれども、一体なにを求めているのだろう。

「って、あれ？」

とそこで、僕は首をかしげる。

「僕の本名ってソーさんに伝えたっけ？」

まぁいいや。


ソーさんに言われなくとも僕は知っている。

周りの視線を気にしなければ、心なんてものは平穏《へいおん》でいられる。それが、人間力テスト369位の宿命みたいなものだ。

人を無視すれば、傷つかずに済む。

クズは楽なのだ。

そんなこと、僕が痛いほど理解しているのだ。

だから、学校のゴミ捨て場へ向かう彼女が泣いていたときも、僕は無視して通り過ぎれば良かったのだ。だって僕はそのとき、三階にいた。彼女の姿が視界に入ったからといっても、無視して通り過ぎれば良かったのだ。わざわざ駆け寄るなんて馬鹿《ばか》げている。

けれど、僕はできなかった。

そう、僕はおそらく、石川琴海《いしかわことみ》を好きになっていたのだろう。
中途半端《はんぱ》なクズ。こんな僕を「羨《うらや》ましい」と認めてくれた一言で、僕は彼女に惚《ほ》れていたのだ。

彼女がゴミ捨て場で切り刻んでいたのは、イルカのぬいぐるみだった。ちょうど手のひらくらいの桃色の哺乳類《ほにゅうるい》。たしか石川さんのカバンにつけられ、彼女が歩くたびにひょこひょこ揺れていたのが記憶《きおく》にある。けれど、今では真っ二つになり、無残にも内臓である綿を飛び出させていた。可哀《かわい》そうに。そして、その断面に何回も何回も石川さんはハサミを振り下ろしている。

最初僕が彼女の横に立ったとき、石川さんは小動物のように震《ふる》えながら飛び下がった。けれど、相手が僕だと理解すると、安心したように、

「なんだ、菅原《すがわら》くんですか」

と涙ながらに言った。僕ならば別にバレてもいいらしかった。

「驚《おどろ》かさないくださいよ。すんごいビックリしたんですから」

「こんなところで、何やっているの?」

僕が率直に尋ねると、僅《わず》かに彼女は顔をしかめた。けれど、すぐにけろっと何でもないよう

な表情に戻って「嫌《きら》いなものを処分しているんです」と正直に答えたのだった。

「嫌いなものって……」

僕は裂《さ》かれたイルカに視線を移した。それは彼女がずっと愛していた宝物のはずだった。

だが僕の視線の先で、ぬいぐるみにふたたび彼女のハサミが容赦《ようしゃ》なく突き刺さる。

「ホント人生って、うまくいきませんね。人の心が読める超能力があったら、少し恐《こわ》いけど、とっても楽なのに」石川さんはぬいぐるみへの虐待《ぎゃくたい》を休めずに言った。「こんなことしなくて済むのに」

僕は頷《うなず》いた。

「そうだね。人の心が読めたら、確かに、お金持ちになれて人生楽かもね」

「え。いやいや、誰《だれ》もお金の話なんかしてませんよ」

「冗談《じょうだん》」

「アハハ、菅原くんも冗談とか言うんですね」

そこで会話は途切れ、僕はなんと喋《しゃべ》ったらいいのか、分からなくなる。言葉を無くしたみたいだ。上手《うま》いこと言って彼女に尊敬されたい、彼女に好かれたい、そんな身勝手な欲望ばかりが僕のなかで渦巻いて何一つ、彼女を慰《なぐさ》める手段が浮かんでこなかった。

まるでカカシのように僕が立っていると、彼女はハサミを地面へと投げ捨てた。そして、崩れ落ちるように地面へ座り、膝《ひざ》を抱えて泣き出した。

「隠《かく》し事されたんです」

それが彼女の言葉だった。

「隠し事されたんです。みんなに隠し事されたんです！　みんな、わたしに秘密を隠して、何も知らないわたしを笑っているんですよ。無知なわたしを蔑《さげす》んで、陰でこっそり話のネタにしているんです。わたしが何をしたって言うんでしょう？　ずっと仲良しだと思っていたのに」

「……」

「もう、辛《つら》いです。人間力テストだって絶対に順位下がっています。隠し事ってそういうことですよね？　わたしなんかと秘密を共有したくないってことなんですよね？　わたしは、見捨てられたんです」

「学力テストが100位下がるよりも、」

僕は疑問になったことを尋ねてみた。

「人間力テストで10位下がる方が嫌《いや》なんだね」

「当たり前ですよ……だって、友達は重たいです……重たくて、潰《つぶ》れちゃいます」

それから彼女はハサミを拾い、ぬいぐるみを一心不乱に引き裂《さ》く作業へと戻った。

「みんな、同じことを言うんです。親も先生もマンガもアニメもみんな『友達を大切に』ってニコニコしながら唱えるんです。頭良くても仲間を大事にしなくちゃダメって。力が強くても最後に大事なのは友達だって。だったら！　周りから『友達になりたくない』って否定されたら——人間として救いようがないってことですよ。人間力テストは——その指標です」

「あぁ、そう」

「なんでこんな目に遭《あ》わなくちゃいけないんでしょう？　格付けして、嫉妬《しっと》して、見下して、全部！　もうイヤですよ。注目なんて絶対にされたくない。わたしは」吐《は》き出すように彼女は言った。「去年みたいに、イヤガラセされるのが恐《こわ》いんです……」

「……」

「あんな風に、悪意を向けられるのは嫌なんです。睨《にら》まれたり、舌打ちされたりするのも……人間力テストの順位が下がったら、ざまーみろって彼女たちは思うんでしょうか？　そして、蔑まれるのでしょうか……それが、つらい」

石川《いしかわ》さんがまるで幼子のような弱々しい声を出す。

それに対して、僕の胸に生まれるのは一つの不満だった。

「知っているよ……」

思わず漏《も》らしてしまう。けれど石川さんの耳には届かなったようで、彼女は不思議そうに僕を見上げるばかりだった。

なんでそんな目で見るんだよ。石川さん、僕は知っているんだ。その悪意に立ち向かったんだ。あらん限りの勇気を振り絞って。キミは気づいてさえいないけれど。

苛立《いらだ》ちを告げたい気持ちが僕の中で渦巻く。過去を思い出して胸が痛む。けれど僕は何箇所か切り傷を負った石川《いしかわ》さんの両手が視界に入って、やがて何も言えなくなる。無茶苦茶《むちゃくちゃ》なハサミの使い方のせいで負った怪我《けが》だろう。しかも石川さんが乱暴に力を入れているせいか、その傷跡は塞《ふさ》がれることもなく、徐々に彼女の手のひらは赤く染まっていった。

僕はその光景を見つめながら、そして、一回自分の胸に爪《つめ》を立てて、自分の心臓の鼓動《こどう》を指で感じたあとで言った。

「だったらさ、もう諦《あきら》めなよ」

僕は喉元《のどもと》で詰まる言葉を口にする。

「クズでいいじゃんか。嫌《きら》われ者でいいじゃんか。そんな風に、他人に怯《おび》えて、苦しんで、不登校になっちゃうよ。もう友達なんか無視しちゃえよ。そうすれば楽に生きられる」

「そういうわけにはいきませんよ」僕の言葉に彼女は苦々しそうに首を振った。「わたしは、十四年間、道化《どうけ》みたいに笑って、ふざけながら、とぼけながら、ずっと友達を見てきて生きてきたんですから」

「でも、このままじゃ石川さんが壊《こわ》れてしまうよ。僕を羨《うらや》ましいと言ったのは、石川さんだろう？　僕は、心配なんだ。僕は、」そこで一旦躊躇《いったんちゅうちょ》してしまう。けれど強引に割り切るように言った。「僕はキミが好きだ。だから、もう苦しんでほしくない」

僕は精一杯の気持ちで彼女に伝えた。自分の顔がかってないほどに熱くなっていて、今すぐに冷水に頭から突っ込みたくなった。けれど、そんなこと思っている場合でもないので、彼女の方へ視線をうつす。

石川さんは一瞬《いっしゅん》だけぬいぐるみを切り裂《さ》く手を止めた。それから、すぐに再開させたが、それを僕が取り上げてごみ捨て所へと放《ほう》り投げると、彼女はただ膝《ひざ》を抱えたまま動かなかった。目を開けていなかったら、眠っていると勘違《かんちが》いしてしまいそうな様子だった。

運動場の方から野球部の掛け声、それから、体育館からバスケ部のボールをつく音しか聞こえてこない空間で、僕らはしばらく黙《だま》り続けていた。僕も石川さんの横に座り込み、ほかに見ることもないので空でも眺めていた。冴《さ》えない曇《くも》り空である。まるで僕の青春のようだ。あぁ、チクショウ。

そして三分ほどの時間が経《た》った頃《ころ》だろうか。

彼女はようやく言葉を発した。まるで吐《は》き捨てるように「菅原《すがわら》くんは羨ましいです……」と最初に呟《つぶや》き、そして、それから切り捨てるように「でも、全然羨ましくなかった」と告げた。

僕が言葉の意味が分からず呆《ほう》けていると、彼女は立ち上がった。それから、僕に向かって憐《あわ》れむような視線を向けて口にする。

「羨ましいわけないじゃないですか。だって、菅原くんですよ？　全世界探したって、きみを羨ましがる人はいません。人気もなくて、勉強も、運動もできない菅原くんに誰《だれ》が憧《あこが》れるんですか？」

「でも、さっき石川さんは」

「そう思っていました。でも勘違《かんちが》いでした。だって、菅原《すがわら》くん、ちっとも楽しそうじゃないですから。ずっと辛《つら》そうです。地獄《じごく》ですよね」

それから、彼女はふたたび泣き出しながら僕のもとを去った。

「さよなら、菅原くん」

僕は返せる言葉もなく、ただその場に立ち尽くすしかなかった。


あっけなくフラレたキモオタコミュ障ボッチ童貞ゴミクズ野郎こと、菅原くんはとてもじゃないが、まっすぐに家に帰れる心境ではなかった。一人カラオケで絶叫したくもあったし、スーパーのお惣菜《そうざい》コーナーでその辺の店員を捕まえ、「金払うから端《はし》から端まで全部捨てろ」と頼《たの》みたくもあった。石川《いしかわ》さんの言葉は僕の心を折るのに十分すぎるほどの威力を持っていたのである。

「まさか、あそこまで酷《ひど》く拒否されるとは！」

いくら僕でも復旧には時間がかかりそうだ。これだから、まっとうな人間に戻るのは嫌《いや》なのだ。他人に期待をしないクズの生き方こそ、やはり僕には向いているのかもしれない。そんなもの一年前だって、そして半年前だって、今だって、嫌というほど感じている。

「地球誕生以来、星の数ほどの生き物がセックスしてきたんじゃねぇのかよ！　なんで僕だけ例外なんだ!」

そんないつもどおり、どうしようもない駄目《だめ》人間な発言を呻《うめ》きながら、僕はショッピングセンターのフードコートで鶏肉《とりにく》を串刺《くしざ》しにしていた。僕の席に置かれているのはマヨネーズが器から溢《あふ》れんばかりにかかった鶏唐揚《からあ》げ。六人がけのソファ席を貸し切って、なにかの拷問《ごうもん》みたいに胃に油の塊《かたまり》を入れ続ける。味なんて分かるはずもない。ただ恨み言を呟《つぶや》きながら、世界を呪《のろ》い続けていた。

僕に超能力がなくて本当に良かったと思う。あったら、人類の三分の一くらいは八つ当たりで死んでいる。

そんな戯言《ざれごと》を考えながら、唐揚げを爪楊枝《つまようじ》でズタズタに引き裂《さ》いているときだった。

「よぉ、少年」

と僕の前から声が聞こえた。

僕が顔を向けると、そこには背の高い女性が立っていた。大学生か、社会人かは分からないけれど、まだ大分若そうだ。日本人離《ばな》れした長い脚がまっさきに視界に入り、やがて、目線を上にやると、彼女のやけに鋭《するど》い目元に気圧《けお》された。

「あ、あの」その厳しい表情でようやく僕は理解した。めんどうだから、さっさと謝っておこう。「す、すいません。せき、占領していて。すぐ、どきます」

「いやいや、そういうことじゃないって。そんなに、私、怒《おこ》っているように見えた?」

彼女はさらに目つきを悪くして、僕の正面へと座った。どう見ても怒《おこ》ってない？

「単に心配でさ。何かあったのかなぁ、とね」

「はぁ？」

「さすがにボロ泣きする男子中学生を放《ほう》っておけないなぁ」

自分の頰《ほお》に左手で触《ふ》れると、自分が思っているよりも遥《はる》かに多くの水分を感じた。粘り気さえ感じられる。鏡を見るのが恐《こわ》いほど、僕は泣いているらしい。

「食えって」そして、女性は僕へクレープを差し出してきた。桃色の紙に巻かれた生地の中にイチゴが大量に詰め込まれている。「こんな塩っ気だらけじゃ甘いものが欲しくなるだろ」

僕は胸に突き付けられたクレープの生クリームが服につきそうだったので、慌《あわ》てて受け取った。そして、感謝を告げてから、

「ありふれた失恋しただけですよ」

とだけ彼女に伝えていた。無視してもよかったが、クレープのお礼代わりだった。

「辞書に引けば出てくるほど単純な。ツガイを見つけるのを失敗したんです」

「へぇ、よっぽどの純愛だったんだな」

「いいえ、不純極《きわ》まりないですよ。ただ一回か二回話しかけられて、異性と会話するなんて珍しい出来事に舞《ま》い上がって、調子にのって告白したらフラレただけです。話すも滑稽《こっけい》なクズです」

「ふぅん」彼女は興味もなさそうに言った。「ところでさ、お前が食っている唐揚《からあ》げって実は、全然売れてないらしいぞ。ラーメンだけじゃメニューが寂しいからって店長が開発したら大不評」

「へぇ……」

「高校時代毎日通ってたら、店長が愚痴《ぐち》りながら教えてくれたんだ。こんな唐揚げを好んで毎日食うのは、私だけだったらしい」

「はぁ」

「だから今日、この唐揚げを食う仲間と出会えて嬉《うれ》しいよ。感激しちゃうね」

彼女はそう言いながら目線を僕と料理の交互に揺らして「友好の証《あかし》として、唐揚げ一個、もらっていい?」と交渉してきた。結局、ただのタカリかよ。僕が爪楊枝《つまようじ》を手渡すと、彼女は一個だけマヨネーズだらけの唐揚げを口に放《ほう》り込んだ。

彼女は満足そうに頷《うなず》いてからテーブルに置かれた紙ナプキンで口元をぬぐい「つまりさ」とおまけのように言葉を付け足して説明した。

「動機が不純だろうが、結果が悲惨《ひさん》だろうが、すべてが無意味になるわけじゃないってこと。私はこの唐揚げ大好きだし、こうやって同類と出会えた。どんなに店長自身が唐揚げを失敗と決めつけても、その事実は変わらない。だからさ、お前もそんな自分を卑下《ひげ》するなよ」

それが彼女の伝えたいことだったらしい。まったく分からないわけではないが、よくよく考えると論理に破綻《はたん》がある気もする。

「励まそうとしてくれたことは感謝しますが……残念ながら、僕にはそんな都合の良い事実なんて一つも存在しないんですよ。他人の唐揚げを強奪《ごうだつ》できたとか」

「強奪は言い過ぎだろ。仲間の契《ちぎ》りと言え」

「とにかく、価値のある事実なんて僕にはないんです」

「ふぅん。失恋して号泣できたって、それだけで十分価値があると思わないの？」

あっさりと、何の事でもないように彼女は尋ねてくる。

だが、その返しは僕にとって予想外のものだった。

「十四年間、他人に期待していませんでした」僕は口にしていた。「勉強も運動もダメで、友達との話題にもついていけず、何をしても褒《ほ》められたことがないから、傷つきたくないから、誰《だれ》にも期待せずに生きていました。そんな僕が都合よく他人に期待したとしても？」

「だから動機や過程なんて興味ないんだよ。その勇気に乾杯するだけだ」

僕はその言葉を聞いた瞬間《しゅんかん》、立ち上がっていた。さっさとこの場から離《はな》れたかった。

「……あと、全部食べていいですよ」

「ん？　いいのか？　けっこう余っているぜ？」

「構いません……まぁ、クレープはもらいますが」

僕はそれから気になったことを尋ねた。

「あなたがソーさんですか？」

「あ、え、はぁ？　私は紗世《さよ》っつう名前だよ」

やはり勘違《かんちが》いらしい。当然だ。あの人はこの女性のように、優しい言葉を僕にくれることはないのだから。

僕は彼女に一礼だけして、その場を去った。


僕にとって石川《いしかわ》さんは分からないことだらけだ。

だけど、これだけは知っている。

石川さんが過去にイヤガラセを受けたこと。でしゃばって注目されるのを恐れていたこと。

そして、それでも勇気を出して、ひとりぼっちの僕に話しかけてくれたこと。

確かに僕の気持ちは下心だらけだった。性欲まみれだったし、彼女の姿を想像して何度オナニーしたか分からない。純愛とは程遠いクズの、どうしようもない男子中学生である。

それでも彼女が笑ってくれればいいと、震《ふる》えながら泣く石川さんを守ってあげたいと思ったのも紛《まぎ》れもない真実なのだ。そして、現在もそう思っていることだけは誰《だれ》にも、たとえ自分にも否定しようもない感情だった。

だから、僕は革命を起こそうと決めたのだ。

「僕は幸せになるんだ」

ショッピングセンターから外に出ると、世界が赤く染まっていた。曇《くも》り空は変わりないのだけれど、その雲は一面に絵の具を混ぜ込ませたように色を変えていた。まるで燃え上がるような景色のなかで僕は道の真ん中を歩いていく。だんだん冷たくなり始めた風が僕の髪を揺らしていった。

そして、僕は思いを口に出していく。

「クズのままで幸せになってやろう。人間力テスト最下位だろうが、常にヘラヘラ笑ってみせよう。発展途上国には上から目線でせっせと募金をするし、怒《おこ》られることが嫌《いや》で姑息《こそく》に誰にも迷惑かけず、イジメの同調圧力の中では間抜けに空気を読まず、不幸を望まれようと幸福に、全世界から刑務所行きを望まれようとも罪を犯さず、楽しそうに生きてみせよう」

泣くのはこれで最後だ。

もう僕は幸せに向かって進み出すのだ。最後のクレープの欠片《かけら》を一口で丸のみする。残った包み紙を握りつぶす。

「そして、石川さんだって、ほかのクラスメイトのみんなだって誰もが笑えるような、そんな教室を作るんだ。クズでも幸せになれるって示すんだ。石川《いしかわ》さんが学校を地獄《じごく》と言うのなら、地獄を壊《こわ》そう。人間力テストを――壊すんだ」

僕はあの狭い教室の中を思い出す。昌也《まさや》と、二宮《にのみや》くんと、瀬戸口《せとぐち》くんと、木室《こむろ》くんと、津田《つだ》さんと、渡部《わたべ》くんと、石川さんと、加藤《かとう》くんと、その友達たち。

そして、決意をする。

「僕は正真正銘《しょうしんしょうめい》のクズになる」

これが菅原拓《すがわらたく》の一世一代の決意だ。

さて、一旦《いったん》冒頭で話したことを復習しておこう。

忘れているようなら、もう一度言うのだけれど、僕の物語の推奨《すいしょう》されるべき読み方は『ひたすら僕を嘲《あざけ》ること』。これに尽きるんだ。

だから、底の浅い中学生の希望を、夢を、存分に蔑《さげす》むといい。いくらでもどうぞ。

このとき誰かが僕を止めていたら、きっとこの物語の結末は大きく変わっていただろう。

けれど、僕は革命戦争をすると決めたのだ。

たとえ、どんな犠牲《ぎせい》を払ったとしても。

ありとあらゆる存在から見放され、世界中の人という人を敵に回しても。

『菅原《すがわら》と会ったことがある』

アイツは失恋して泣いていた、というのが紗世《さよ》の知っているすべてだった。彼女が実家にたまたま帰省していたとき、偶然彼と会ったのだ。

彼女の記憶《きおく》が正しければ、昌也《まさや》が自殺する一ヶ月半前のことらしい。それがどこまで事件に関連があるのかは、まだ完全に不明だった。

失恋した腹いせにイジメ？　まさか。そんな単純な事件だったら、もっと楽なはずだ。第一、時期が合わない。

一人で昌也を含め、四人の中学生を支配した手段。

誰《だれ》も見えていないイジメ。

監視されていたはずの菅原拓《たく》。

遺書、検索履歴《りれき》、傷害事件、土下座《どげざ》回り、ネットへの書き込み、なんて挙げていけば謎《なぞ》はキリがない。

そして、背後にある人間力テストという不気味《ぶきみ》な教育制度。

「でも、今、わたしがするべきことは一つだけなんだ」

母、岸谷明音《きしたにあかね》へのヒアリング。

傷害事件後の昌也を誰よりも知り、そして菅原拓を見張り続けた人物だ。


岸谷明音について、わたしが知っていることは案外少ない。

高卒、とある中小企業の事務仕事をやっていくうちに知り合った年上の男性と二十三歳で結婚。二十六歳の誕生日とともに憧《あこが》れのマイホームを購入し、長女を生んだ。そんなこんなでしばらく人生の絶頂期とも言えるような楽しい日々を過ごしたが、六年後、夫が事故により他界。長男の出産が近づいているときだった。

その後、父母の手を借りてパートで働きつつ、わたしと昌也を養う。大学までは夫が残した遺産で十分賄《まかな》えそうなのだが、彼女は空いた心の隙間《すきま》を埋めるように仕事に精を出していたらしい。ここからは記憶にあったが、ときに厳しく、ときに優しく、まぁ、どこにでもいるような素晴らしい母だった。

そして、十年の年月が経《た》って、長女であるわたしが一人暮らしを始める。それから三年間、わたしは彼女をよく知らない。年末やお盆にふらりと帰るくらいだったからだ。

加藤幸太《かとうこうた》くんいわく、彼女はモンスターペアレントとして学校との闘争《とうそう》に明け暮れていたらしいが。

緊張《きんちょう》というより、わたしは怯《おび》えていた。

うん、やはり、言葉にするとしっくりくる。この事件を調べだしてから、何度か思うことがあったけれど、それとはまったく違うレベルだ。

だって、もしかしたら。

でも、そんなわけはないじゃないか、と不安を笑い飛ばす。昌也《まさや》のためだ、ビビって逃げてどうする。

「ねぇ、母さん」

コーヒーを豆を挽《ひ》くことから始めて、丁寧《ていねい》に二人分カップに淹《い》れる。リビング中に香りが広がっていくのを心地よく思いながら、わたしはパソコンの前に座る母に声をかけた。彼女は口元に笑いを浮かべながら、わたしの方へ視線をやった。

「あら、どうしたの？」

「お願い、母さんから見た真実を教えて。見栄を張らず、気を遣わずに、わたしにすべて教えてよ。隠《かく》し事なんかしないでよ。菅原拓《すがわらたく》は一体、母さんに何をしたの？」

母親の表情が強《こわ》ばるのが見えた。その様子を見て、わたしはまた引き返したくなった。けれど、もはや思考を止めるようにして撤回《てっかい》をやめる。

母は椅子《いす》を軽く引いて、身体《からだ》をわたしの方へと向けた。すると、パソコンに書かれている文字が見えた。予想通りだ。菅原拓を徹底的《てっていてき》に罰《ばっ》して、二度と昌也のような犠牲者《ぎせいしゃ》をださないための父母会の会議書だ。

「ほんとうに知りたいの？」母はわたしをいたわるような声で言った。「香苗《かなえ》が事件を調べてくれているのは知っている。でもね、真実は香苗を助けてくれるとは限らないのよ？　苦しめるかもしれない。それでもいい？」

「うん、構わない。教えて。何があっても最後まで聞くから」

そう言うと、彼女は清々《すがすが》しく笑って言ったのだった。

「いいわ。悪魔《あくま》が天才児・昌也を苦しめる過程を、失敗作に聞かせてあげる」

覚悟はしていた。だが、実際に聞かされたときのショックは、そんな覚悟などふき飛ばすくらいの衝撃《しょうげき》だ。

昌也はわたしより百倍優秀な子だった。だから、母はわたしよりも何千倍も期待していた。

理解していたことなのに。

わたしが欠落しているなんて。

そして母は語り始める。

「本当はずっと隠《かく》しておくべきこと、それが親としての責務なのだけれど、もう嫌《いや》だわ。昌也《まさや》が亡《な》くなったんだもの。だって、そうでしょ？　あなたと違って、昌也は何でもできたわ。勉強はできたし、運動部では部長、中学に上がってからはよく家事も手伝ってくれた。昌也が作る料理はね、とっても美味《おい》しいの。それに、とってもカッコイイでしょ？　周りのおばさんたちは、みんな昌也のファンだったわ」

目の前で母は溜《た》まっていた鬱憤《うっぷん》を晴らすように語り続ける。

「夫が亡くなって、わたしを支えてくれたのは全部昌也だった。あなたには呆《あき》れるばかりだけどね。大した特技もない。大学は底辺。あげく変な男に弄《もてあそ》ばれて、捨てられる始末。それに比べて、昌也は幼少期から才能があった。あなたの半分の労力で、あなたの倍は吸収していった。間違いない天才児よ」

「うん、そうだね。昌也は何でもできたよ」わたしは相槌《あいづち》をうつ。「数学のテストなんか、わたしの二倍の点数をとっていたもんね……」

「まったくよ。夫を失った未亡人にとって、子供は自分自身より大事なもの。でも、あなたには何一つ未来を期待できなかった。だから、わたしにとって昌也がすべてだった」

「だから、何度も学校にクレームを入れるようになったの？」

「クレームなんてとんでもない。昌也の成績表を見なさいよ。彼はこの日本国、世界でも通用する宝よ。親という目線でなくてもね。そんな至宝を守るのは、親だけではなく、教育者としても当然なのよ」

そんな感情はちっとも、わたしには向けてくれないくせに。

その気持ちをこらえて、もちろん我慢《がまん》できるわけがないけれど、それでも飲み込んで、わたしは唇《くちびる》を噛《か》んだ。

わたしの母親はこんな人物だったろうか？　昔は違ったはずだ。そうだ。だって、昌也が小学生にあがるまでは学校へクレームなんて入れなかった。せいぜい、年に二、三回小言を話すくらいで。

「わたしは無根拠にそう語るわけじゃないわよ？」彼女は雄弁としゃべり続ける。「少なくとも、昌也が中学にあがるまでは不安だった。もしかしたら、彼が優秀すぎて周囲の嫉妬《しっと》で潰《つぶ》されるかもしれない、とか。頭が良すぎて、周りから浮いてしまうんじゃないか、心配も多かった。でもね、すぐその疑問は晴れたのよ」

「……どうして？」

「人間力テストよ。昌也が学年で3位をとったとき、わたしは彼が人類の至宝ということを確信した。あれは素晴らしいテストよ。頭脳だけじゃなく、人格まで昌也は素晴らしいとデータで証明してくれたんだから」

そう自慢げに語る岸谷明音《きしたにあかね》の表情は、恍惚《こうこつ》といった様子で微笑《ほほえ》みが溢《あふ》れていた。

「それで次は何かしら？　あぁ、そうね。あの悪魔《あくま》の話ね。わたしが語れるのは、あの傷害事件のことからよ。突然、学校から電話がきて、わたしは卒倒《そっとう》しそうになったわ。『昌也《まさや》くんが教室で、クラスメイトに水筒で殴《なぐ》られた』。出向いた職員室で経緯を聞けば、ボロボロ恐ろしいことが出てきたわよ。まず、事件の前日、ネット上で話題となったイジメの話。一人の中学生が凄絶《せいぜつ》に、四人の中学生を代わる代わる虐《しいた》げる地獄《じごく》のような話。わたしは昌也に尋ねたわ。『この内容はアナタたちの誰《だれ》かが書き込んだの？』って。顔に痛々しい痣《あざ》をつけた昌也は黙《だま》って頷《うなず》いたのよ。『隆義《たかよし》が学校のパソコンから書き込んだ』って」

わたしはそこまでの話を聞いたあと、おそるおそる「母さんはその話を鵜呑《うの》みにしたの？」と聞いた。そうすると、母は「まさか」と予想外に冷静に語り「昌也がイジメられるなんて考えられないし、一人で四人をイジメるなんて少し話がおかしいわ」と余裕をもって口にする。

けれど、すぐに厳しい表情に変わった。

「でも、その疑問はすぐに消えたのよ」

「どうして？」

「教えなかった？　昌也の体操服が破れていたとか。それに、なにより、別室で面会させてもらった菅原拓《すがわらたく》、アイツは笑って言ったのよ。『僕が四人をイジメていました。それが、なにか？』ひどく醜悪《しゅうあく》な表情を浮かべて」

「菅原拓はすぐに認めたの？」

「そうよ。アイツは何一つ悪びれた様子はなかった。それどころか、自慢《じまん》げに自身の行為を語った。大切な思い出を話すように、昌也にセミの抜け殻《がら》を食べさせた話や他の三人から金を毟《むし》りとった話や。そして、笑いながら言ったのよ。『これは革命だ。革命には犠牲《ぎせい》がつきものだ』って」

それは加藤《かとう》くんが述べた菅原拓の印象とは大きく違ったものだった。彼は、菅原拓をもっと地味で、冴《さ》えない人物だと評価した。唯一《ゆいいつ》、他人が眼中にないことは一致しているけれど。だとしたら、そこがキーポイントになるのか？

自己完結した――クズ？

わたしは自分の手帳の隅《すみ》にそれだけをメモしてから、話の続きを尋ねた。

「土下座《どげざ》回りは、お母さんが提案したの？　各教室で、毎日昼休み土下座させるやつは」

「え、あぁ、あれは」

そこで初めて母は言葉を詰まらせた。

「さぁ、誰だったかしら？　覚えていないわ。ほかの保護者は賛同して、校長先生も認め、昌也も頷き、菅原も最初は抵抗したけど、たしか受け入れたはず。その場がそういう雰囲気《ふんいき》だったのよ。あの悪魔を罰《ばっ》しろって」

「誰も反対しなかったの？　ねぇ、母さん、たしかに菅原は悪魔かもしれない。でも、いささか客観的に見ても罰《ばつ》は重すぎる」

「流れ、というか空気がそうだったのよ。あなただってあの場にいれば決断するわよ。不遜《ふそん》な菅原《すがわら》と、顔に大きな痣《あざ》を負った昌也《まさや》と、あのネットにあげられた書き込みを見れば」

そう語る母さんにはなにかを隠《かく》している様子はなかった。

けれど、だからこそ不気味《ぶきみ》だった。そこになにかしらの力が働いているようで。

「そのあとのことは、大部分は学校に任せたわ。しっかりと土下座《どげざ》をさせたらしいことは話に聞いているし、菅原拓《たく》の悪評が広まっていることも教えてもらって」

「学校も菅原の孤立には気づいていたんだね……」

「うん、とにかくね、さすがの菅原拓も参ったらしいわ。何回か家へ謝りにきたのよ。わたしの家だけじゃなく、他のイジメの被害者の家にも。一人で来たわ。アイツの両親は共働きで、子どもに関心がないのよ。家庭環境からしてクズよ。そして、アイツはわたしたちに『土下座回りは、もう勘弁《かんべん》してくれ』って頭をさげた。見え透《す》いた演技よ。ちょっと厳しい言葉を投げかけたら、『これ以上僕に罰を与えるなら、僕はさらに陰湿にゴミ共を虐《しいた》げる』とすぐにボロを出したわ。大人を舐《な》めているにも程《ほど》があるわ。全部録音して、学校にもクレームを入れて、罰を増やすようお願いをだしたわ。あんなクズ即刻死刑でも構わない」

そこで母さんはテーブルを強く拳《こぶし》で叩《たた》いた。

「でも、やつの言葉通り、昌也はなにかに苦しめられ自殺した」

その後、彼女は発狂したように叫び続けた。

「わたしが！　何度も何度も心配して、尋ねたのに！　昌也はどんどんおかしくなっていった！　食欲はなくなって、わたしには暴力を振るうようになって、何度も何度も部屋で叫ぶのよ！　誰《だれ》にも相談できず、昌也は苦しみもがいたのよ！　なんでかは知らないわ！　わたしに何ができたのよっ？『カウンセリングを受けよう』とも『菅原にはもっとキツイ罰を与える』とも伝えた。わたしにできるすべてのことは提案した。実行もした！」

自分の髪をかきまぜて、明音《あかね》は喚《わめ》く。

「あの悪魔《あくま》が何かしたのよ！　へらへらと何度も何度も家へと訪ねてきて、適当に謝り続けて、きっと何か昌也に何かをしたんだわ！　昌也の彼女もアイツが階段から突き落としたに違いない！　彼女が昏睡《こんすい》状態になって昌也はさらに苦しんだもの！　昌也を自殺に追い込んだのは紛《まぎ》れもなく菅原拓なのよ！　許さない！　昌也は人間力テストでも最上の天使なのよ？　人格を保証された天才なの！　絶対に許さない！」

そこで彼女は咳《せ》き込んで、椅子《いす》から崩れ落ちて床へ倒《たお》れ込んだ。

「お母さん！」

わたしは慌《あわ》てて駆け寄り、母さんの背中をさすろうとする。だが、その手は母にきつく振り払われた。

彼女は無言のままで立ち上がり、わたしが邪魔《じゃま》者《もの》かのように前を横切って台所へと行き、グラスにいっぱいの水を飲んだ。彼女の口から溢《あふ》れ出した水が床へと落ちていくのが後ろから見えた。それから、うつろな目でわたしを見たあと、「あぁ、そうだ」と溜息《ためいき》と共に口にした。

「あなた、昌也《まさや》のこと独自に調べているんでしょ？　全部解明したら、わたしに教えなさいよ。菅原拓《すがわらたく》が何を行い、何をされたら困るのか、全部明らかにしなさいよ」

「……いいよ。でもね、母さん、少し落ち着いて」

「落ち着く？　はっ、そんなもの出来るものですか。だって、あの悪魔《あくま》はまだ生きているのよ。やつはまだ誰《だれ》かを不幸にする気でいるのよ」

わたしが、それはどういう意味か、を聞く前に、彼女はテーブルに置かれた自身のカバンを徐《おもむろ》にあさりだし、それから一枚の封筒をわたしへ投げた。

「今朝、郵便ポストにあったわ。袋に入れられた猫の死体と一緒《いっしょ》に」

猫の死体、どうしてそんなものが？

わたしはその封筒を開けて、中身を見る。あったのは一枚のルーズリーフ。そして、その紙には明朝体でこうプリントされていた。

『革命はさらに進む』

記されていたのは、その一文だった。

「『革命』という言葉……菅原拓に間違いないわ」母は告げる。「悪魔は、この街にまだいるのよ。そして、まだなにかを企《くわだ》てているのよ……なんで猫の死体なんか置きにくるのよ……！

昌也を殺しただけじゃ、まだ満足できないの……？」

そう言いながら彼女は苦しそうに自身の服を摑《つか》んだ。

それから今にも泣き出しそうな、そしてあまりに憎しみに満ちすぎた視線を封筒へ送り続ける。

自分の子を奪《うば》われた親の苦しみなんて、わたしには想像できないけれども、それでも母さんの表情は見ていて辛《つら》かった。

「去年、昌也は言っていたわ」それから彼女は最後に呟《つぶや》くように言った。「『親友ができた』って。『なんでも話せる菅原拓という親友が』って。わたしも嬉《うれ》しくなったから覚えている」

「え？」

「あの二人はね、親友だったのよ」

母は懇願《こんがん》するように言った。

「お願い、少しは役に立ってみせなさいよ……昌也に比べればはるかに失敗作なんだから、こんなときくらいわたしのために生きてよ。親友をも殺した、あの悪魔に復讐《ふくしゅう》してよ……」

わたしは何も言えずに、家を飛び出した。

街のネットカフェで死体のようにわたしは倒《たお》れていた。小さな空間で毛布にうずくまって、目を瞑《つぶ》る。そうすれば、世界から孤立しているようで心は落ち着いた。

しばらくの時間が流れると、スマートフォンが鳴った。

相手は紗世《さよ》だった。

でると、いつも通りのガサツな声がわたしの心に優しく響《ひび》いた。

《お、時間いいか？　ちょこっと報告があるんだけど》

「どうぞ……」わたしは小さな声で答えた。

わたしのテンションがあまりに違っていたせいか、紗世は電話の向こうで訝《いぶか》しんだようだったが、何も聞かずに話し始めた。

《あのさ、昌也《まさや》の他にも菅原《すがわら》にイジメられた三人がいただろ？　二宮《にのみや》、木室《こむろ》、渡部《わたべ》、ちょっと、そいつらを探ってみた》

「……会えそう？　その三人に話を聞くのが、一番解決に近そうだけれど」

《いや、電話はできた》

「はっ？」

わたしは思わず頓狂《とんきょう》な声をあげてしまった。

二宮俊介《しゅんすけ》、渡部浩二《こうじ》、木室隆義《たかよし》はマスコミが騒《さわ》いだせいで全員街から去っているし、母を通しても全然話をしてくれなかったのだ。

紗世ならなんとかしてくれると思ったが、まさかここまで早いとは。さすが秘密兵器。

《いや、だが何も新しいことは語ってくれなかった。いろんな伝手《つて》を辿《たど》って、木室隆義と直接電話したんだけどな》
「どうだったの？」
《ありゃ、無理だ》
紗世は冷たく言い放った。
《何も話す気がない。菅原拓《たく》にイジメられていた。そのせいで、昌也が自殺した。それしか言わない。どんな経緯なのか、どんな手段をとって、四人を支配したのか、何も言う気がない。ただ誤魔化《ごまか》すだけだ》
「傷害事件後、菅原拓が監視されていた時期、どうやって追い込んだのかは？」
《なにも。分からない、ってだけ》
「そう……」
《だから、それ以上何も聞けなかったよ。なにか隠《かく》している様子はあった。でも、私は警察じゃないからな。強くは尋問できないよ。一つだけ、ちょっと気になる答えもあったけれど》
「なに？」
《いや、昌也との関係を聞いたらさ。そこだけは真面目《まじめ》に答えるの》
紗世は言った。
《どこまでも深く結ばれた友情だった、とさ》

「なにそれ」
《中学生が勝手に自分たちの関係を美化しているんだろうけどな。ただ、なにか違う意味が含まれているようで、気味が悪かったよ》
以上が紗世《さよ》の報告らしい。あまり事件に踏《ふ》み込むことはできなかったが、彼らの立場へ踏み込むことに成功した。
けれど、彼らの言葉には不可解な点があった。
「昌也《まさや》の親友は、菅原拓《すがわらたく》じゃないの……？」
《ん？　どういうことだ？》
「お母さんが言っていたの。去年、昌也が嬉《うれ》しそうに報告してきたって」
《はぁ？　いや、けど、そんなこと加藤幸太《かとうこうた》は何も言っていないし、マスコミも何も言っていないんだろう？　昌也と菅原が親友だなんて》
そういえばそうだ。だから、わたしもその事実を知って、激しく驚《おどろ》いたのだ。
昌也と菅原は一体どういう関係だったのだろう？　誰《だれ》も知らない秘密の親友？
わたしが昌也と菅原、そして他の三人との関係を考えていると、紗世は《おい》と声をかけてきた。
《それで？　香苗《かなえ》の母親はなんて言ったんだ？》
言葉こそ率直だが、声は優しく丁寧《ていねい》だった。

《事件のこと、聞いたんだろう？　何を教えてくれたんだ？》

「……」

調査に協力してくれる紗世に隠し通せるはずもなく、わたしは説明することにした。順番もばらばらで、論理展開もしっちゃかめっちゃかだけれど、紗世は黙《だま》って聞いてくれた。

母さんはわたしに失望して、昌也だけに期待をしていたこと。なのに、昌也を守れなかったことを非常に悔《く》いており、菅原拓を恨《うら》んでいること――色んな気持ちを吐《は》き出してみた。

毛布をぐちゃぐちゃに握りながら、わたしは語った。

紗世はすべて聴《き》き終えると、一回溜息《ためいき》をついた。

《間違っているだろ、それ》

そして、彼女の第一声はそれだった。

《人んちの親に文句はつけたくないが、いくらなんでもおかしいだろ。自分の娘にそんな発言》

「お母さんのことは悪く言わないで。わたしが子どもの頃《ころ》から、ずっと一人で頑張ってきたのをわたしは知っているから」

《けどさ……》

「いいんだ。わたしはそれでもお母さんが大好きだから」

そこで、わたしは目頭がどんどん熱くなっていくのを感じた。「あ、マズイ」と思っても、止めようもないほどに涙が溢《あふ》れてきた。借りた毛布をひっつかみ、頭からかぶった。水分は吸い取ってくれるけれど、泣けてくるのは止めてくれなかった。

紗世《さよ》が心配そうな声をあげる。わたしは彼女には見えもしないのに、何度も何度も首を振って、それに答えた。

「でも、やっぱり、少し辛《つら》いね。調べていくと、どんどん見えてくるんだ。昌也《まさや》がいかに優秀だったかが。校長先生でさえ褒《ほ》めていた。クラスメイトは絶賛したし、お母さんなんか性格が変わるほどだよ。それに比べてさ、わたしは、何もできない」

《なんで、お前はそう自分を責めるんだ。常識的に見れば、お前の家庭、おかしいぞ》

「そうだね。きっと昌也が天才すぎるのが悪いんだよ。あと、間抜けなわたしが」

《違う。お前の母さんが一番、》

「だから、お母さんのことは悪く言わないで！」

いくら親友だろうと、いくら紗世だろうと、言われたくないことはある。

紗世は何も言わなくなってしまった。電話口からは彼女の息ばかりが聞こえてくる。なにかを口にしようとしているらしいが、諦《あきら》めているらしい。

わたしは親友に諦められた。

「ごめんね」わたしはそう言い放つ。「ちょっと無理そう。なにも話したくないや」

《待てよ》けれど紗世は言った。《お前が調査する目的って、なんなの？》

「お母さんと昌也のためだよ」

《もし、お前の母さんが「菅原拓《すがわらたく》を殺せ」って言ったら、お前はどうするの？》

「……紗世って、ずっと菅原拓を庇《かば》うよね」

自分が思っている以上に冷酷《れいこく》な言葉が出た。

「しばらく電話しないで」

そしてわたしは電話を切り、わたしの周りには静寂《せいじゃく》が訪れる。個室のなかでわたしは一人で横たわる。

二畳《じょう》ほどのフラットスペースに倒《たお》れ込んで、そのまま動くことを放棄《ほうき》する。マンガを取りに行く気もおきないし、パソコンを起動させる気もおきない。茶色の木板で囲まれた小さなカプセル内で、わたしは眠ることに努めた。けれど、頭は動き続けていて、母親から伝えられた事実が頭の中で反復していた。

紗世ともケンカしてしまった。

子供みたいだとは分かっている。二十一歳にもなって何をやっているのだ、とは自覚している。

照明をきって、わたしは目を瞑《つぶ》り続ける。けれど、一回だけ「お母さん」と呟《つぶや》いていた。

「わたしは……欠落お姉ちゃんなんだ」

岸谷香苗《きしたにかなえ》には愛が欠落している。そう思うようになったのは、いつからだろう？　昌也との格差に気づいたのは。母親からの愛がわたしには存在しないが、昌也は溢《あふ》れんばかりの愛をもらって生きている。そして、その現実を知らないフリして、母に愛されるために昌也《まさや》のよき姉として振る舞《ま》い始めたのはいつ頃《ごろ》だろう？　心が空《から》っぽなお姉ちゃん——欠落お姉ちゃんとなったのは。

まるで小動物のように、わたしはネットカフェの個室内でうずくまる。どうしようもなくて一回だけ壁を殴《なぐ》りつけたけれど、手が痛くなっただけで何も起きてはくれなかった。目を開けたとき、十年前に戻れたらとどうしようもない夢想をするけれど、叶《かな》うわけがなかった。

自分が惨《みじ》めで仕方がなかった。

あぁ、すべてが嫌《いや》になる。

けれど、悪いことは重なるものなのだ。

その後、わたしは『最大幸福』に襲撃《しゅうげき》されたのだから。

夜の八時となり、ネットカフェから出たところで、わたしは何者かに襲《おそ》われた。

人通りの少ない道を進んでいたのが悪かったのか。けれど、突然に後ろから首を絞められ、アイスピックを突きつけられるとは思わなかった。助けを呼ぶにも誰《だれ》もいない。

「動くな。声を出すな。抵抗するな」

彼はそう口にする。男性、いや、まだ成長期半ばの男子の声だった。まるで中学生のような。

マフラーを巻いているのか、声がやや濁《にご》って聞こえる。

彼は右腕でわたしの首を抱えて、左手でアイスピックをわたしの首元に構えたまま、道の隅《すみ》へと引っ張っていく。わたしは従わざるをえなかった。

喉元《のどもと》で輝《かがや》く銀色の針は、あらゆる理性を壊《こわ》す恐怖の塊《かたまり》であった。

いやだ、わたし、死ぬの？

昌也のように。何者かの手によって。

「事件に関《かか》わるな。今すぐ手を引け」

襲撃者はそう耳元で口にする。

アイスピックの先端《せんたん》をわたしの眼球へ向けて言った。

「でなければ殺す。アンタは邪魔《じゃま》なんだよ」

調査をやめろ。

そう言っているのだ。この少年は。だから、反射的にわたしは口にしていた。

「アナタが……菅原拓《すがわらたく》なの？」

彼がわたしの背後でピクリと震《ふる》えた。動揺したらしい。図星なのだろうか。

菅原拓がわたしの後ろにいる？

昌也を自殺に追い込んだ悪魔《あくま》がっ！

「オレは……違う」しかし、彼はくぐもった声で否定した。「オレはあんなクズじゃない。オレは最大幸福だ。この日本の、学校の、クラスを代表する幸福の信徒だ。アンタはそれを揺るがせるんだよ」

「最大幸福……？」

「これ以上質問するな。さもないと、本気で殺す」

するといと、彼は抱えているわたしの首を強引に引っ張って後ろへと倒《たお》した。そして、よろめくわたしの腹部に向かって、右手で拳《こぶし》を振るった。

鳩尾《みぞおち》に彼のパンチが突き刺さる。

すぐさまに伝わる激痛に意識が飛びそうになった。

けれど、彼は呻《うめ》き声をあげて横たわるわたしに蹴《け》りを入れてきた。腕を、膝《ひざ》を、首を、腰を、肩を、太ももを、何度も何度もつま先で蹴り飛ばして、リンチにかけてきた。

痛いっ！　恐《こわ》いっ！　助けて！　誰《だれ》かっ！

どんなに願っても人なんて来るわけがなく、叫び声をあげそうになると、襲撃者《しゅうげきしゃ》は凶器を向けてくる。だから、わたしは無抵抗に暴力を振るわれ続けた。

そして、彼はボロボロになったわたしを確認すると「バイバイ、社会悪」と口にして、走り去っていった。

どういうこと？

菅原拓《すがわらたく》以外に黒幕が存在する？

もはや訳が分からない。

事件の真相に近づくたびに、傷ついて、猫の死体を送りつけられ、ケンカして、涙して、襲《おそ》われて、わたしはまだ真実を知りたいと言えるのだろうか？

すべてが分からない。

彼は何を恐れていたのだろう？　最大幸福？　社会悪？

「もう、逃げたいよ……意味分かんないよ。どうしたらいいの、昌也《まさや》」

あまりの痛みに立ち上がれずに、道路で横たわりながら、わたしは思いを巡らせていく。

すると、スマホからＳＮＳの受信音が聞こえてきた。

誰からだろう、と確認すると、それは意外な人物だった。

『真犯人が分かりました。石川琴海《いしかわことみ》』

昌也が自殺する三日前に階段から突き落とされたクラスメイト。

そして、昌也の恋人である少女からのメッセージだった。

サツガイ

革命を早足に語っておこうか。

ちょっと疲れるけど、ついてきて。


昼休み、まずくもおいしくもない給食を食べたあと、みんなは好き勝手に行動をする。

いつも僕は教室の隅《すみ》で読書をしているので、各々《おのおの》のクラスメイトの動きを気にしたことはなかった。けれど、注意して見れば、みんな楽しそうに多種多用なことをしている。

昌也《まさや》、二宮《にのみや》くん、渡部《わたべ》くんは数人の女子とトランプに興じている。石川《いしかわ》さんはその横で楽しそうに観戦している。木室《こむろ》くんは昌也の宿題を必死に書き写している。ほかの女子たちは廊下で談笑して、下品に騒《さわ》ぐ加藤《かとう》くんたちのグループを面倒《めんどう》くさそうに時折見やる。オタクっ気のある人たちは今晩のアニメの評論をして、静かな子は僕のように本を読んでいる。

何が言いたいかと言うと、僕は別に激怒《げきど》なんかしていなかったということ。

水をたっぷり入れた水筒を持って、昌也の元へ向かうときも僕は興奮《こうふん》していなかった。だから、狙《ねら》いをすまし、丁寧《ていねい》かつ豪快《ごうかい》に、振り返った昌也をぶっ飛ばせたのだった。当たり前だ。本当に激怒していたならば、武器は椅子《いす》だったし、さすがの昌也も病院に行っただろう。僕の非力な筋肉でもできるはず、たぶん。

とにかく、水筒で殴《なぐ》るという極めて優しい配慮《はいりょ》によって、昌也は顔に痣《あざ》をつくる程度の怪我《けが》で済んだ。

「なんだよ……菅原《すがわら》」

クラスメイト全員が会話をやめ、水を打ったように静まりかえる教室で、昌也だけは冷静だった。

さすがである。

だから、僕は「本日もよいお日柄で」と言ってみたのだった。

十一月上旬、僕の革命は始まった。

下準備を済ませて、前述のとおり僕は昌也を殴った。

修羅場《しゅらば》はそのあとだ。

僕は担任である戸口《とぐち》先生、昌也の母親、および他三人の親といくつかの事情説明を行い、そこで耳が壊《こわ》れるんじゃないかと思うほど怒鳴《どな》られた。昌也《まさや》の母親には何度も殴《なぐ》られそうになった。

職員室の真ん中で僕一人は何人もの大人に囲まれて、そして気が狂ったみたいにしゃべり続けた。

ライオンの檻《おり》に入れられた野うさぎの気分だった。おそろしく惨《みじ》めな感覚を味わう。けれど、そこで僕は謝ることはしなかった。

簡単に折れるわけにはいかないのだ。これは革命なのだから。

僕への処分は、昼休み校内の各教室へ土下座《どげざ》をして回るという滅茶苦茶《めちゃくちゃ》な罰《ばつ》だった。

その日、自宅に辿《たど》り着いたのは、結局八時になった。

寝る前、やっと帰ってきた父親とすれ違った。

彼は重たそうなスーツを脱ぎ、冷蔵庫の中からビールを取り出したあと「面倒事《めんどうごと》を起こすな」とだけ僕に伝えてきた。

それだけだった。

僕に何も質問してくれなかった。

昌也のお母さんが阿修羅《あしゅら》のごとく怒《いか》り狂ったので、結局僕は三日間の出席停止処分を食らった。これで土日を含めて、五連休をもらったことになる。その期間は何回か学校、あるいは昌也、二宮《にのみや》くん、渡部《わたべ》くん、木室《こむろ》くんの各々《おのおの》の家庭を訪問することに費やした。何人かに「親を連れてこい」などと言われたが「それは親に言ってください」と答えるしかなかった。馬鹿《ばか》にするわけでもなく本心なのだが、物理的に雷が落ちたと錯覚《さっかく》するほど怒鳴られた。

これはまだ耐えられることだ。

問題は謹慎後《きんしんご》の土下座回りだ。

(江戸時代かよ!)

昼休み、学年関係なくいろんな教室をまわって土下座を敢行《かんこう》する。こんなもの、教育として許される行動なのだろうか？　なんか言ってみろ、文部科学省！

……まぁ、これも予定通りなのだが。

僕は一日目の土下座を終了させながら、とにかく文句を心の内で撒《ま》き散らして心の平静を得る。汚《よご》れてしまった膝頭《ひざがしら》や髪を懸命《けんめい》にはたきながら、ふうっと息をつく。

見も知らない人間に哀《あわ》れまれ、蔑《さげす》まれる感覚が記憶《きおく》にこびりついていた。みんなでわいわい給食を食べるなか、一人、先生と共に登場して、突然に床に頭をつける。生徒たちは会話をすることを忘れ、ただ呆然《ぼうぜん》と、しかし興味ありげに僕を見つめ、そして最終的に見下す。顔は見えないけれど、そんな空気が教室に充満するのは分かるのだ。

イジメは駄目《だめ》だと徹底的《てっていてき》に理解し、また、僕というクズを誰《だれ》もが認識する儀式《ぎしき》である。

二度とこの学校でイジメは起こらないだろう。おめでとー。

(昌也《まさや》のお母さん、ホント恐《こわ》いな……)

僕がそんなふうに溜息《ためいき》をついたところで、後ろで戸口《とぐち》先生の声がした。僕らの担任であり、土下座《どげざ》回りに付き合ってくれる大人である。

「なぁ、菅原《すがわら》」

まだ三十路《みそじ》前後の若い先生は頭をがりがりとかいて言った。

「なんか、おまえ全然辛《つら》くなさそうだな……」

「そうですか？」

「いや、別にもっと重い罰《ばつ》を与えるとかそんな意味じゃなくてさ、なんか、不気味《ぶきみ》だ。おまえ、なにを考えてんの？」

「べつに。昌也をイジメたことを悔《く》い改めているところですよ」

まさか戸口先生になにか勘付《かんづ》かれるとは思わなかったので、僕はふてぶてしい態度をとるように努めた。小馬鹿《こばか》にするように笑い、視線は相手とは九十度違う方向へとやる。

少なくとも革命が終わるまで、僕は戸口先生と仲良くするわけにはいかない。

だから、僕は嘲笑《あざわら》うように言った。

「別にどうでもいいじゃありませんか。僕が土下座すれば、すべてが丸く収まる。また昌也の母親を呼び寄せる気ですか？　土日に会いましたが、彼女の怒《いか》りは増すばかりですよ」

「……まぁ、そうだな」

戸口先生は諦《あきら》めたように溜息をついて、僕に背を向けてさっさと職員室の方へと行ってしまった。無気力先生だの、面倒《めんどう》くさがりだの常に生徒から評判の悪い人間であるが、このときばかりはありがたかった。


自分の教室に戻ると、僕の筆箱がゴミ箱に埋め込まれていた。

あまりに不自然に入っていたので、見た瞬間《しゅんかん》に気がついた。なにせわざわざ中身は全部、出したのちに、筆箱と一緒《いっしょ》に捨てたらしいから。灰色のプラスチックを背景にして、何本ものシャーペンがほこりと一緒に顔をだしている。

まさかこんなに早く始まるとは思わなかった。

教室の何箇所から同時に視線を感じた。けれど、それは先ほどの土下座していった教室とは違う、ある種の正義感があった。その証拠《しょうこ》に僕がいくつかの視線を見つめ返しても、彼らは目線を逸《そ》らさなかった。自分の醜《みにく》い心を恥《は》ずかしがるのではない。僕の筆箱を捨てる行動こそが大義だと誇っているのだ。

ヘドがでる。

「そんなに人間力テストが大事かよ……」と僕は呟《つぶや》いた。

彼らに言いたいことは山ほどある。僕は彼らを睨《にら》み続けながら思った。お前らはクズと呼ぶ価値さえない。カスだ。他人の評価を得ようとしているのか。昌也《まさや》に褒《ほ》めてもらいたいのか。それとも、周りの雰囲気《ふんいき》に同調したのか。そんなくだらないもののために、お前らは他人の所有物を平気で捨てるようなやつなのだ。十四年間そうやって生き、友情という意味不明な文句のもとで、一体何人傷つけてきたんだよ？

けれど、そんなことを伝えても仕方がない。第一、どうでもいい。彼らが無知だろうが、それがなんだというのだ。せいぜい筆箱が捨てられるだけだ。一分の労働時間を味わうだけである。

本物のクズはこんなことで傷ついてはいけないのだ。

以上が革命初期の僕から見た概要《がいよう》です。

案外、順調に革命は進んでおりますよ？

「ああああああああああぁ、疲れたああああああぁ」

僕はとにかく叫んでいた。家の居間で。

あっさりと、昌也襲撃《しゅうげき》、職員室での昌也母との対峙《たいじ》、休日のイジメ被害者への家庭訪問、土下座《どげざ》回り、教室や学校で始まった僕への制裁など書いたが、一つ一つ、どれも僕の精神を抉《えぐ》るには十分だったからである。

僕は家のリビングでお菓子をほおばりながら疲れを癒《いや》す。親に内緒《ないしょ》で買ったバームクーヘンは格別の味だった。一枚一枚、年輪をめくって食べるのが、僕流である。そしてソファの上にごろんと倒《たお》れて「ううううぅ」と唸《うな》ってみる。さすがにクズといえど、精神が壊《こわ》れそうだ。

「そもそも、久しぶりに真面目《まじめ》に働いた気がするうう。頭が痛いよおぉ。平成の虚弱児たる僕をここまで酷使《こくし》するなんて！」

それでも、ここで諦《あきら》めるわけにはいかない。

でないと、ただ「クラスメイトを四人もイジメ、一人を水筒で殴《なぐ》った男」という不名誉な結果しか残らない。

賽《さい》は投げられた。

もう進み続けるしかない。

そのために今は愚痴《ぐち》を呟《つぶや》きながら寝ていると、パソコンがピコンと鳴った。近づいてみると、ソーさんからのメッセージがあった。いつも通りの文面である。

《ハロー、聞こえるかい？　今日は何があったんだい？》

この人に僕は「昼休みに土下座しました」とは言う気はないので、当たり障《さわ》りのない嘘《うそ》を書いた。創作なんか簡単。どうせ僕の一日なんて、基本的にワンパターンなので、ほとんど定型文である。学校行って、授業は無視して、図書室よって帰る。

イジメだの暴力事件だのを言ってはダメということはないが、僕がソーさんに求めているのは、もっとくだらない会話なのだ。

「あと、肉まんをお湯につけると美味《おい》しいことを知りました。簡単に中華スープが完成するんです」

今の僕には気晴らしが必要だった。調子にのって、ふざけたことまで書いてみる。馬鹿馬鹿《ばかばか》しい会話でもしなければ、僕の精神がおかしくなりそうだった。

ちなみに、肉まんにお湯なんてかけたこともない。でも、たぶん、中華スープになるんじゃない？　知らねぇや。

その後の会話もテンポよく、だらだらと続いた。

《だったら、あんまんだったら、お汁粉《しるこ》になるのかしら？》

「さぁ？　味が薄《うす》そうな気もしますが」

《キミが試しなさい。報告を楽しみにしているよ》

「たまには自分で実験してくださいよ。卑怯《ひきょう》ですねぇ、ソーさん」

軽口を叩《たた》きながら、僕は彼からの返事を待つ。

少しだけ間があって、ソーさんからのメッセージが届いた。

《それより菅原《すがわら》くんはなんで岸谷昌也《きしたにまさや》を殴《なぐ》ったんだい？》

そこで僕の思考は止まった。

僕はその一行を何度も読み返して、そしてすぐさまソーさんとの会話の記録を読み直した。

けれど、もちろん、どこにも僕の個人情報を教えた記述はなかった。

口の中の水分が一気に消えていく感覚に襲《おそ》われる。僕は何一つ文字を打つことができなかった。

けれど、パソコンにはソーさんからのメッセージが何度も送られてくる。

《いきなりで済まないね。けれど、聞かせてくれないかい？　力になれるかもしれない。どうして岸谷昌也を殴ったんだい？　なぜ、岸谷昌也の母の前では過剰《かじょう》なほど不遜《ふそん》な態度をとるんだ？　キミはどんな手段を使って、四人もの生徒を支配したんだい？》

なんだこれ、と僕は呻《うめ》く。

《私はキミを知っている。そして期待し、心配しているんだ。味方さ。だから教えてほしい。キミの目的を。菅原拓《たく》くん。Ｉさんとは石川琴海《いしかわことみ》のことなんだろう？》

僕は反射的にパソコンの電源を切っていた。

呼吸が荒くなっている。そして、無我夢中でパソコンの有線コードを抜いて、その場から離《はな》れた。

なぜアイツは僕のことを知っている？

アイツは一体誰《だれ》なんだ？

何かが壊《こわ》れ始めている。そんな嫌《いや》な予感がした。

そのときタイミング良く、家のチャイムが鳴り響《ひび》いた。両親じゃない。彼らは何があっても、こんな時間に帰らない。

誰かが来たのだ。

バクバクと音をたてながら高まる心臓の鼓動《こどう》を感じながら、僕は窓からこっそりと玄関の方を覗《のぞ》きみた。

そして、外にいたのは予想外の人物であり、絶対に会いたくない人だった。

（昌也《まさや》……）

顔にガーゼをつけた彼が僕の家の前に立っていた。その姿を見た瞬間《しゅんかん》、僕は逃げるように飛び退《の》いていた。

「拓《たく》、いるんだろ？」扉の向こうで彼の声が聞こえる。「どうして、こんなことしたんだ？お前はなにをしたいんだ？」

昌也は言葉を投げかけてくる。僕は口を両手でふさいで息を殺した。

しかし、天才とは恐《こわ》いもので、それでも昌也には気配が伝わってしまったようだ。彼は一回ドアノブをひねり、鍵《かぎ》がかかっていることを確認してから言った。

「なんとなくドアの向こうにいるのは分かる。出たくないなら、それでいい。ただ答えてくれよ。お前の目的はなんだ？」

　僕は答えない。

　昌也は口にする。

「もう土下座《どげざ》はしなくていいよ。あんなの別におれは望んでない。クラスのやつらにも言っておく。菅原の筆箱を捨てるような狡《こす》い真似《まね》をするなって。それだけ伝えにきた。なぁ、黙《だま》らないで何か言ってくれよ」

　そんな優しい言葉をかけてくれたけれど、僕は返答できなかった。ただ三センチのドアを挟んで、沈黙《ちんもく》のみ僕らは共有する。

「なぁ、拓……」昌也が小さな声で言った。「おれたち、親友だよな？　盟友だよな？」

「そうだよ……でも、ごめん」と僕は言った。だけどさ、すべてが終わったら飯でも食べに行きたいな。もちろん、その誘《さそ》いは決して伝えることはできないけれど。

　彼は拓昌同盟の相手である。

　けれど、今は彼と仲良くするわけにはいかないのだ。

　だから僕はその後も無言を突き通した。

　数分間、昌也はドアの前にいて時折何かを口にしたが、いずれ諦《あきら》めたように、一回苛立《いらだ》たしげにドアを蹴《け》り飛ばして帰っていった。

　僕はただ目を閉じて、そのまま玄関に居続けた。

革命が終わるまで、僕は昌也《まさや》を追い詰め続けなければならないのだ。

僕が幸せになるために。


疲労から脱力しきって玄関で座り続けていると、ふたたびチャイムが鳴った。

十分くらい経《た》っただろうか。僕はまた昌也かなと警戒し、けれども誰《だれ》かが気になり、一旦《いったん》居間まで戻って窓から覗《のぞ》いてみた。学校指定の紺色《こんいろ》のカバンが見え、そこには灰色の紐《ひも》が結ばれていた。紐だけ？　何かが先端《せんたん》につけられていた痕跡《こんせき》なのか。うーむ、記憶《きおく》のどこかに引っかかる。

僕はもっとよく見ようと窓に近づき、頭をガラスにぶつけてしまった。その音で訪問者は僕の方を見る。そして、その人と僕はあえなく目が合ってしまった。

石川琴海《いしかわことみ》さんだった。

最悪だ。このタイミングでは、昌也以上に会いたくない人物だった。しまった。灰色の紐は、ぬいぐるみの残骸《ざんがい》だったのだ。けれど、もう居留守を使いづらいので僕は軽く一礼をしてから玄関の方へと向かった。薄暗《うすぐら》い玄関に白色蛍光をつけて、鍵《かぎ》を開けると、待ちきれなかったように勢いよく扉が開かれた。彼女は僕が日頃《ひごろ》掃除している玄関口には目もくれず、ただ、

「昌也くんはどうして菅原《すがわら》くんの家に来たんですか？」

と訊《き》いてきた。今まで見たこともないほど厳しい視線だった。前世の罪でも問われているみ

たい。

　僕は彼女のキツい視線から僅《わず》かに目をそらして口にした。

「来た、のかな？　よく分からないや」

「嘘《うそ》です。菅原くんの家から出て行ったところを見かけました。教えてください。昌也くんは何をしにきたんですか？」

「……会ってないよ」僕はできる限り注意深く答えた。「僕は無視したからね。扉の向こうで叫んでいたけれど、さぁ、なにを言ったんだろう？　新約聖書の文言かもね」

「昌也くんはキリスト教徒じゃないです」

　律儀《りちぎ》にツッコミを入れてくれるのが、石川さんらしい。つい僕は笑ってしまう。

「じゃあ、旧約聖書かもね」

「そんな態度だと……菅原くんがイジメられちゃいますよ？」

　それは憐《あわ》れむような、怒《おこ》るような、十四年の人生経験しかない僕が初めて見るような不思議な物言いだった。

「みんな、菅原くんを恨《うら》んでいます……昌也くんを殴《なぐ》ったことを。だから、正直に答えてください、一生のお願いですから……本当に昌也くんをイジメていたんですか？」

「……僕が彼をイジメていた。木室《こむろ》の野郎がネットで僕の行為を晒《さら》したから、連帯責任でぶん殴った。それだけだ」

自分が思う以上に冷たく言葉を発していた。けれど、一度言ってしまった以上、取り消すわけにもいかなかった。

石川《いしかわ》さんは目の前で首を振る。

「それも嘘《うそ》です。馬鹿《ばか》なわたしでも昌也《まさや》くんが、イジメられるような人間じゃないことは分かりますよ」

「だったら、どうして昌也がそれを先生や親の前で否定しないの？　彼が『僕はイジメられていない』と宣言すれば、僕の仕事はなくなる。けれど、彼は絶対に言わない。言えない。それが事実だからだ。昌也にも直接訊《き》いたんだろ？　どう答えたの？」

彼女を拒絶するような言葉を放ったびに胸が締《し》め付けられた。今すぐに謝って、彼女を抱きしめたい衝動《しょうどう》に駆られる。覚悟はしていたが、石川さんまで敵に回すことがここまで辛《つら》いとは思わなかった。

泣かせちゃうかな、と思ったが、予想外にもビンタされた。腰の入っていない貧弱な衝撃《しょうげき》だったが、さらに貧弱な僕の身体《からだ》を倒《たお》れさせるには十分だった。

彼女は野生の動物のように激しい呼吸をして、僕を見下ろしていた。

「どうして……教えてくれないんですかっ？」

彼女は目に涙をいっぱいに溜《た》めて、叩《たた》きつけるように怒鳴《どな》った。

「正直に話してください！　だったら、わたしはどうすればいいんですか！　誰《だれ》の言葉を信じれば《ヽ》いいんですかっ？　……本当のことを教えてくださいよ……でなきゃ……わたしは、菅原《すがわら》くんを……イジメ、なくちゃ、ならない……」

「うるさいんだよ………！」

倒れた姿勢のままで、決死の想《おも》いを込めて僕は吐《は》き出すように言った。精一杯の気持ちで彼女と、そして、自身の初恋を突き放す。

「可愛《かわい》い子ぶって綺麗事《きれいごと》、抜かすなよ。キミが見ているのは結局他人だけだ。僕なんか別に恨《うら》んでないだろう？　ただ、もう一度悪意を向けられるのが恐《こわ》いだけ。同級生に受け入れてほしいだけだ。そんな動機でヒトを断罪するな。自分から、事実から逃げるな」

「――」

彼女はそこで言葉にならない悲鳴をあげたあと、ただ涙を流しながら無言で僕を見続けた。

何か口にしたいのに、何も言えないみたいな。

たぶん、図星だったのだろう。これ以上ないくらい分かりやすい反応で助かる。だって、僕はそのために革命を起こすのだから。

これでいいんだ、と僕は自分に言い聞かせるように信じる。石川さんに嫌《きら》われようとも、僕にかかる火の粉を彼女にまで浴びせるわけにはいかない。だから、これでいいんだ。

石張りの床から伝わる冷たさを感じながら、僕は石川さんの姿が視界に入らないように、ただ玄関に置かれた観葉植物を見る。緑青色の葉先の微《かす》かな揺れを見て、僕は石川さんが去ってくれるのを待っていた。

やがて石川《いしかわ》さんは苦しそうに言った。

「黙《だま》って、くださいよ……他人の重さが分からない菅原《すがわら》くんに理解できません」

「かもね」

「菅原くんだって、全然反省してないじゃないですか。今日も昌也《まさや》くんのノートに墨汁《ぼくじゅう》をかけたんですよね……九月に昌也くんの体操服を切り刻んだときと同じように……ずっと昌也くんを虐《しいた》げ続けていたんですよね…………最低です」

「……え？」

僕が聞き返したのを見たと同時に、彼女は走り去って行ってしまった。

慌《あわ》てて追いかけようとしたけれど、思考の整理ができなくて身体《からだ》が動いてくれなかった。

僕はふたたび玄関に取り残されることになる。

けれど、さっきとは違う明確な疑問がそこにはあった。

「今日、昌也のノートに墨汁をかけた？　体操服を切り刻んだ？」

それは僕じゃない。

僕の知らないところで誰《だれ》かが動いている。さっき昌也が苦しそうにしていたのを僕は思い出した。

もしかして僕は、何か決定的な思い違いをしているんじゃないか？

何かが進んでいる。

僕の革命とは別の部分で。


僕の望みはそれほど多くない。

その少ない願いのために着実に革命を行う。

友達の重みが少しでも軽くなるように。

石川さんの負担がわずかでも楽になるように。

人間力テストを打ち壊《こわ》して、そして、僕自身が幸せになるのだ。

そんな期待を抱《いだ》いて、僕はひとりぼっちで革命を進めていく。そして、たとえ向ける相手が僕でなくとも、彼女がいつか清々《すがすが》しい顔で笑ってくれることを祈るのだ。

恋人になれなくともいい。

クズはそんな絵空事を望まないから。


しかし、僕の望みが叶《かな》うことはなく、いろんな歪《ゆが》みが形になって現れたのは、僕が昌也を殴《なぐ》ってから一ヶ月が経《た》った頃《ころ》だった。

この間に一体何が起こったのかは僕さえもよく知らない。断片的な情報、伝聞で知り得た噂《うわさ》などから勝手に推測はできるのだけれど、まぁ、推測は推測である。けれど、そのすべての原因に僕が関与しているのは、まず間違いないだろう。

僕の革命が波紋となって、様々な人間に影響《えいきょう》を及ぼしたことは疑う余地のない事実であった。

石川琴海《いしかわことみ》が階段から落ちて、意識を失った。

そのニュースを聞いたとき、僕の思考は停止した。けれど、本当の最悪はその三日後だった。

岸谷昌也《きしたにまさや》が自殺した。

電話でそれを聞いたとき、僕は過呼吸に陥《おちい》って、そのまま崩れ落ちた。

あぁ、どうか、僕を嘲笑《あざわら》ってほしい。
どうしようもなく浅はかで、楽観的だった僕を。
それこそがキミにできる唯一《ゆいいつ》のことだろうし、僕の望むことである。

だって、僕は誰《だれ》よりも自分自身を軽蔑《けいべつ》しているから。
だからキミが僕を嘲《あざけ》るとき、僕らの気持ちは等しくなり、そして、一つになれる。
本当の地獄《じごく》はここから始まる。

「You Tube」『ＴＫらくらく料理！』フリートーク十二月五日

ＴＫ　「いつもＴＫ料理を見ていただいて、ありがとうございます。残念なお知らせです。これまでは三日に一度のペースで、レシピ紹介をしていたのですが、これから本業が忙しくなりそうなので、一週間に一度になると思います。見てくださる方、本当に申し訳ございません」

譲二　「いつも百円世界料理シリーズを楽しみにしておりました。残念ですが、本業に集中してください。一体、なにをなさっているのですか？」

ＴＫ　「秘密です。教育関係とだけ……」

ひむひむ「もしかして、久世川《くぜがわ》イジメ自殺事件とか？」

ＴＫ　「いえいえ、単なる偶然です。たまたまですよ」

譲二　「良かった。安心。ビックリした（笑）」

ソー　「いえ、アナタは問題学級の担任では？　彼のイニシャルもちょうどＴＫだ」

ＴＫ　「？　偶然では？」

ソー 「一週間に一度？　ふざけすぎでは？　アナタの学級で起きた問題なのに、少しも調査をしようともせず、ただ無関心を突き通して、ＳＮＳに興じる。アナタはそれでも教師ですか？」

ＴＫ 「だから違いますって」

ソー 「声、指、知っている人間なら十分です。マスコミに報道してもらいます。遊び呆《ほう》ける教師として。日本中の敵になってください。残虐《さんぎゃく》な首謀者《しゅぼうしゃ》Ｓと共に」

ＴＫ 「ふざけんな！　誰《だれ》だ、おまえ！　関係ないだろ！」

ソー 「貴方《あなた》は何に気づいたんです？　少なくとも、彼らの一番近くにいた大人はアナタだった。なのに、自殺を防げなかった」

ＴＫ 「仕方ないだろ！　あの教室にイジメは無かった！　目撃者《もくげきしゃ》もいない！　雰囲気《ふんいき》さえなかった。あの悪魔《あくま》がすべておかしい！　おれは被害者だ！」

ソー 「アナタは何もしていない。だからダメなんですよ。さようなら」

最後のピース

当たり前といえば当たり前で、何一つ自慢《じまん》にはならないのだけれど、わたしは石川琴海《いしかわことみ》ちゃんにメッセージを返信した。

もちろん、真実を知ることへの恐怖もあったし、襲撃者《しゅうげきしゃ》への怯《おび》えもあった。しかし、それでも、諦《あきら》めることへの踏《ふ》ん切りがつかないのが理由である。消極的な態度だけれど、調査はこのようにして再開された。

昌也《まさや》が生まれて初めて作った恋人。

彼女はあの教室で一体何を見て、どうして階段から落ちたのだろうか？

琴海ちゃんとの面会は簡単にセッティングできた。

ＳＮＳにより彼女と連絡をとったが、向こうもわたしと会いたがっていたようなので、すぐに日時だけを約束して、彼女の病室への訪問がきまった。

彼女の病室はよく日が当たる個室だった。ペンキをぶちまけたような人工の白さが息苦しかったが、その分ベッドで座っている彼女はやけに美しく見えた。不思議だ。セミロングの黒髪も、引き締《し》まった顔も変わらない。

けれど、何日も寝ていて余分な栄養をとらなかったせいか、無駄《むだ》な贅肉《ぜいにく》がそげおちて、どこか神聖ささえ感じられた。以前会ったような年相応の活発さも消えていて、やけに大人びて見えた。

大きなスイセンの花の横で彼女はベッドの上に座っていた。

わたしが病室に入ると、彼女は静かに微笑《ほほえ》んでこちらを見た。

「こんにちは、香苗《かなえ》さん」

彼女はわたしをどこか同情するような、あるいは慈《いつく》しむような言い方をした。やはり十四歳とは思えない。

おそらく昌也が自殺したことはもう知っているのだろう。

「実をいうと」彼女は椅子《いす》を指差しながら言う。そこに座ってほしい、という指示だろう。

「だいぶ前から意識は戻っていました。ただ、なかなか面会の許可が下りなかったんです。ヒドいと思いませんか？」

「……頭を強く打てば当然じゃない？　脳はまだ医学でも未知な部分が大きいから」

わたしの答えに「なるほど！　それは盲点でした！」と彼女は笑う。笑ったあとで、彼女は自身の手を真剣な面持《おもも》ちでじっと見つめた。

「だから……とにかく時間はたっぷりとあったんです。ここに座って、見てきたものを考えられるくらいには」

彼女が何かを抱えていると思ったら、それはスマートフォンだった。

琴海《ことみ》ちゃんは自分のスマートフォンを何度も愛《いと》おしそうに撫《な》でながら話した。

「あの教室のこと、昌也《まさや》くんのこと、菅原《すがわら》くんのこと、人間力テストのこと、そして自分のこと。最初は馬鹿《ばか》みたいに友達のことしか考えていなかったですけどね。寝ているうちにハブられたらどうしようとか、話題や勉強についていけず、イジメられたらどうしようとか。菅原くんに笑われちゃいますよね。『キミが見ているのは結局他人だけだ』って」

「彼とは仲が良かったの？」

「いいえ。でも、事件の前は何回か話をする機会があったんです。けっこう真剣に。だから菅原くんの言うとおり、他人を突き放してじっくりゆっくり考えてみました。ずっと。そうしたら、そうですね、菅原くんは菅原くんなりにわたしを想《おも》ってくれたんだなぁ、と思います」

「ほかには何を思ったの？」

「どうして昌也くんはわたしを突き落としたのかな、とかです」

彼女はそこでスマートフォンを胸に押し当て抱くようにした。

「語りますね、真実を。昌也くんを殺した真犯人の話を。二宮《にのみや》くん、渡部《わたべ》くん、木室《こむろ》くん、そして、わたしの罪を」

琴海ちゃんがクラスの中心グループにいたことは間違いないようだった。人間力テストはクラス3位であるから、その人気ぶりは窺《うかが》える（ちなみに、三十五人中、昌也は1位。菅原拓《たく》は34位だ）。彼女の性格は嫌《いや》な雰囲気《ふんいき》なく明るげで、一緒《いっしょ》にいれば話題が次々と展開されていくような人間らしい。

けれど彼女いわく、一年前は一部の女子からイヤガラセを受けたらしい。うっかり友人に人間力テストの結果が書かれたテストカードを見せてしまい、順位が高いという理由で嫉妬《しっと》を受けたのだ。しかし、その悪意が本格化する前に、とある人気者が一喝《いっかつ》したことによって事態は収まった。

その人気者こそが昌也だった。二人は仲良くなって、その二ヶ月後に付き合い始めた。

かつてわたしが問い詰めたとき、昌也は一瞬《いっしゅん》嫌そうな顔をしたが説明してくれた。「空気を和《なご》ませるのが抜群にうまいんだよ。きっと姉さんとも仲良くなれると思う。惚《とぼ》けているように見えて気配り上手なんだ」と。

しかし、そんな彼女の対人能力は、過去の恐怖により生じるものであり、本人も自覚しているものだった。

「だから、昌也《まさや》くんに隠《かく》し事をされたとき、わたしはとても傷つきました。昌也くんに見放されるのが恐《こわ》くて、あの剝《む》き出しの悪意と向き合うことになるのかって」

彼女はぽつりぽつりと語る。

「どうしたらいいのか分からなくて、昌也くんからもらったイルカのぬいぐるみに怒《いか》りをぶつけて……馬鹿《ばか》みたいですよね。初デートの記念に昌也くんがくれた大事なものだったのに……それだけショックでした。昌也くんが、いや、昌也くんたち、二宮《にのみや》くん、渡部《わたべ》くん、木室《こむろ》くんが全員で何か隠《かく》し事をして、わたしを遠ざけていたことが」

「それは、いつ頃《ごろ》の話？」

「菅原《すがわら》くんが傷害事件を起こす二週間くらい前ですね」

「何を隠していたのか、見当はつくの？」

わたしの質問に彼女は「はい」と頷《うなず》き、口にした。

「二宮くん、渡部くん、木室くんは三人で昌也くんをイジメていたんだと思います。正確には昌也くんと菅原くんを」

彼女はさっきまでの遅い語りをやめ、何かに急《せ》かされるように話す。

「おそらく、誰《だれ》にも見つからず巧妙にやっていたんでしょう。陰でコソコソと。少なくとも、菅原くん一人で四人をイジメるよりずっと現実的じゃありませんか？　昌也くんの体操服が切り刻まれていたこともありました。きっと彼らの仕業《しわざ》です。けれど、わたしに勘《かん》づかれた。だから、彼らはある計画を立てた」

「……菅原拓《たく》に昌也を襲《おそ》わせ、菅原にイジメの罪を着せた」

「はい、そうです」

彼女は肯定《こうてい》し、そしてさらに早い口調で論を進めていく。

「ネットの書き込みも彼らが偽装《ぎそう》したんでしょう。あの傷害事件のあと、菅原くんと昌也くんの接点はないのに。昌也くんはおかしくなっていきました。それは三人のイジメがさらに過激になったからじゃありませんか？　同じイジメられ仲間だった菅原くんがクラスで孤立していったからじゃありませんか？」

「親友……」とわたしは呟《つぶや》いていた。

「菅原くんが昌也くんを殴《なぐ》った傷害事件後、見たんです。昌也くんが戸口《とぐち》先生のところへ行くのを。先生はどうせ無気力で、事なかれ主義ですから、きっと無視したんだと思います。でも、昌也くんは助けを求めていました。彼、親の目を忍んで、一回菅原くんの家を訪ねているんです。目的は不明ですが、彼と菅原くんが仲間だったら話が繋《つな》がります」

「ねぇ、だとしたら、何がアナタの罪になるの？」

わたしがそう尋ねると、彼女は目を伏せ、つらそうに告白した。

「菅原くんの傷害事件後、わたしはクラスのみんなと一緒《いっしょ》に彼をイジメたからです……みんなで彼の筆箱を捨てたり、陰口を聞こえるように言ったり、給食に消しカスを入れて、提出した宿題を隠《かく》して……」

するとと琴海《ことみ》ちゃんの目に涙が浮かんでいくのが見えた。彼女はベッドの上で白いシーツを抱くようにして震《ふる》えている。

彼女は吐《は》き出すように続けた。

「あのときは、どうしたらいいのか分からなかったんです……何を信じていいのかも。昌也《まさや》くんのために、いや、菅原《すがわら》くんに怒《おこ》られますね。どうしたら人間力テストが上がるのか、下がらなくなるのか必死で、菅原くんに罰《ばつ》を与えたんです。本来、昌也くんの仲間であった彼を——」

「……」

「だから、昌也くんに階段から突き落とされるんですよね。もしかしたら、昌也くんの心の支えだったかもしれない人をイジメていたんですから」

彼女は最後に泣きながら叫んだ。

「だから、わたしが昌也くんを殺したことと同じです。事件の真相に気づかず、昌也くんを追い詰めてしまった。二宮《にのみや》くん、渡部《わたべ》くん、木室《こむろ》くんが昌也くんをイジメ、わたしが昌也くんの仲間をイジメた——これが、この事件の真相です」

彼女の悲痛な訴えを、わたしは頭の中で反芻《はんすう》した。

すると、ふわりとある一つの感想が浮かんでくる。そう、感想だ。矛盾点《むじゅんてん》でも、驚愕《きょうがく》でも、大したことのない、重要でないはずの言葉が胸の奥から湧《わ》き上がってきた。

わたしは彼女を見つめた。

それから「琴海ちゃんは自分の罪を認めるんだね」と言った。

彼女は涙を拭《ふ》きながら、首をかしげた。

「へ？　どういうことでしょう？」

「あ、いや、なんだか、他の人と違うなぁって。変な教育システムを導入した校長も、昌也をすぐそばで見ていた母さんも、イジメに気づくべきだったクラスメイトも、誰《だれ》一人自分の責任は認めなかったから。いや、もちろん、実際彼らに責任があるかは分からないけれど」

菅原拓《たく》一人に押しつけたり、「分からない」の一言で済ませたり、そんなことを彼女は一切しなかった。

ただ凜《りん》として目を見開いて、スマートフォンを握り締《し》めながら、彼女は口にするのだ。

それはわたしに向けて無理に良い子に見せるような所作ではなく、不気味《ぶきみ》なほど淡々と分析するのだった。

わたしの言葉に琴海ちゃんはクスッと笑った。

「言われたんですよ。『逃げるな』って」それは彼女が見せた初めての優しい笑みだった。「他人の目ばかり気にして、大事なことから目を背《そむ》けるなって。だから、わたしは逃げないんです。真実から。わたしが昌也くんを殺した事実から」

「それは誰に言われたの？」

「師匠《ししよう》から」

「なにそれ」

そこで琴海《ことみ》ちゃんはおかしそうに頰《ほお》を緩《ゆる》めた。

「菅原《すがわら》くんです」

それから彼女は頰をわずかに染めて言った。

「菅原くんは、わたしに、きっと何か大事なことを伝えたかったんだと思います」

彼女はそこで一回、握りしめていたスマートフォンを天井《てんじよう》へと放《ほう》り投げた。それは宙をくるくると回転しながら、布団《ふとん》の上へと落ちた。

わたしは想像上での菅原拓《たく》の姿を思い浮かべる。校長の言う嫌《きら》われ者、母の言う悪魔《あくま》の子、クラスメイトの言う地味な子、そして彼女が言う賢者のような子、どれが本物の彼なのだろう？

『逃げるな』と菅原は言った。

あぁ、確かにその通りだ。わたしだって遠ざかるだけでは駄目《だめ》だ。こんなわたしより七歳も下の少女だって、彼女なりに推理し「自分が殺した」という残酷《ざんこく》な答えに辿《たど》りついたのだ。

だから、わたしも——。

「ねぇ、琴海ちゃん。まず、事実を整理させて。さっき語られた部分、先生は無気力、昌也《まさや》は一回先生に相談した、傷害事件後、昌也は一回菅原拓《たく》の家に行った、事件後あなたたちは菅原をイジメた。琴海ちゃんを突き落としたのは昌也。これは事実なの？」

わたしは初めて知った事実を並べた。それの同意を得ると、ペンでノートへ書き込み、今まで聞いた内容と照らし合わせる。

「あ、あの」琴海ちゃんはそこで心配そうに聞いた。「わたしの推理、どこか間違っていましたかね？」

「まだ分からないわ。ただ、わたしも逃げないって決めたから。闘《たたか》うことにする。調べさせて。琴海ちゃんの推理には、大きな疑問が残る。そもそも『昌也がイジメられていた』という点。ねぇ、あの天才をどうやって支配できたの？　過大評価とかじゃなく、昌也はケンカも勉強も超人的だったはずよ。誰《だれ》にも気づかれない、というのも無理がある」

「それは盲点でした……そうですねぇ」

「だとすると、何か脅《おど》されていたのかもしれない。昌也のパソコンには『盗聴防止《とうちょう》』の検索履歴《りれき》があった。昌也が何かに怯《おび》えていたのは間違いない。心当たりはある？」

「いや、何か隠《かく》し事があったことは記憶《きおく》していますが、そこまでは……」

そう言うと琴海ちゃんは頭を下げた。

「ごめんなさい、何か決定的な証拠《しょうこ》とかなくて。名探偵のようにはいきませんね」

「いや、証拠なんて最初から期待してないけど……だって殺人や窃盗《せっとう》とは違うからね。現場に痕跡《こんせき》とか、犯行に使った凶器とか、そういう事件じゃないもの」

「なるほど、言われてみれば。それは盲点でした」

「それって口癖《くちぐせ》なの？」

と笑ったあとで、わたしは琴海《ことみ》ちゃんが口にした単語に引っかかりを覚えた。

『盲点』？　誰《だれ》もが思考の外に追いやっている可能性？

いや、一つだけなかったか？　誰もが考えなかったことが？

わたしは琴海ちゃんの目の前で、ノートを一ページ目から開き直して、すべての情報を読み返した。

決定的な証拠《しょうこ》がなくてもいい。想像と論理を組み合わせて、状況を作り上げてみる。

成績、人気者、菅原拓《すがわらたく》の家庭環境、盗聴《とうちょう》防止、無気力担任、情報のないイジメ、ＰＴＡ副会長のモンスターペアレント、友情――。

菅原と昌也《まさや》を囲む環境がだんだんと明白になっていく。

すると、ありとあらゆる緻密《ちみつ》な計算が、一つ現実として浮かび上がっていった。

「――っ！」とわたしは声にならない何かを発した。

それは身の毛がよだつような悪魔《あくま》の構造だった。

偶然とは思えない。寒気を覚えるような完璧《かんぺき》な支配だ。

「香苗《かなえ》さん、電話鳴っていますよ」

わたしがある一つの仮定に辿《たど》りついたときだった。

わたしのカバンから聞き慣れた着信音が聞こえてきた。まったく気がつかなかった。

「ここでいいですよ。通話くらいならOKですから」

教えてくれた彼女に感謝して、わたしはスマホを手にとった。紗世《さよ》からの着信だった。

《お前の家のすぐ横に公園があるだろ？　そこに行け》

厳《おごそ》かな口調で彼女は言った。

《菅原拓はそこにいる》

わたしは「すぐ行く」とだけ返事をして、電話をきった。

すぐ横では琴海ちゃんが不思議そうな顔をしていたので、わたしは短く「菅原くんに会ってくる」とだけ伝えた。

彼女はそれだけで大体のことを察したように頷《うなず》くと、ベッドの隣《となり》に飾られているスイセンの花を指差した。その白い花は仄《ほの》かな匂《にお》いを病室内に充満させながら、窓辺に大きく咲いていた。

「菅原くんが持ってきてくれたんです。看護師さんに渡して、間接的に」

そして彼女はわたしの手をとって言った。

「お願いです。謎《なぞ》をすべて聞き出してください。わたしも知りたいんです。どうして昌也くんが死んだのか。どうして菅原くんが昌也くんを殴《なぐ》ったのか。全部解いて、そして、昌也くんの無念が晴れるように、菅原くんが幸せになれるように、導いてください」

言われるまでもない、そんなこと。

わたしは彼女の手を握り返して、病室から出た。

琴海《ことみ》ちゃんの推理は間違っていた。

だから、そろそろ決着をつけなければならない。

昌也《まさや》を殺した犯人と会って、わたしは話さなければならない。

革命がまだ終わっていないと言うのなら、わたしが終わらせてやる。

✝

奇遇なことに、菅原拓《すがわらたく》は、かつて昌也とわたしがよく座っていたベンチにいた。

休日は野球で遊ぶ子供がいるほどの、全面芝生《しばふ》で覆《おお》われた広い公園。高台には大型遊具が城のようにそびえ立ち、その後方には桜の木が寒々しく並んでいる。池にはゴミが捨てられて、ペットボトルが舟のように浮いている。

そしてどれもオレンジ色に染まっている。

綺麗《きれい》な夕焼けだった。

橙色《だいだいいろ》の明かりは、わたしの身体《からだ》を優しく包み、世界を覆っていた。通い慣れた公園であったとしても、そこには異風なものを感じざるをえなかった。

そんな情景の中心に菅原拓はいた。

わたしが初めて会った菅原拓の印象をどのように説明すればいいのだろう？

様々な人から教えてもらって想像した彼の様子とはどれも違った。

もちろん、説明通り、顔立ちも地味だし、身長だって小さい方だろう。筋力はとても乏《とぼ》しそうで、わたしの想像よりずっと暗い雰囲気《ふんいき》をまとっていた。外見は普通の中学生、という短絡的な表現が一番ピッタリくる。

それでも、そんな外見にも拘《かか》わらず、彼には微《かす》かに人を威圧させるような雰囲気があった。

もしかしたら、それは彼が覚悟を決めてこの場に臨んだからかもしれないし、あるいは、単純にわたしが緊張《きんちょう》しているからそう感じたのかもしれない。

少なくとも彼を見たとき、わたしは息を呑《の》まざるをえなかった。

それが、菅原拓を見て、わたしが感じたすべてだった。

菅原拓は公園のベンチに腰掛けて、わたしの方を見て言った。

「昌也くんの姉ですか。似ていますね」

わたしの方から何か言う前にそう告げてきた。

わたしは「そうよ」とだけ答える。

すると彼はわたしから視線をそらし、前かがみの姿勢のまま話し始めた。やや低い声だった。

声変わりはもう始まっているのかもしれない。

「特に話すことはないですよ。僕は彼をイジメて、彼を自殺させた。事件の真相を調査しているようですが、それ以上のことはないですよ。昌也《まさや》くんのお姉さんには申し訳ないですが、謝罪の場は別に設けますので、今日はお帰りになられたらどうです？」

「紗世《さよ》からは『すべてを話す』って聞いたのだけれど」

「紗世？　あぁ、あの背の高い人ですね。ごめんなさい、気が変わりました。だって他に話すことはありませんから」

「話してよ。真実から逃げないって決意したから」

「アナタのことなど知ったことじゃない」

やけに不遜《ふそん》な態度だった。何かを見下すような喋《しゃべ》り方。これでは母の反発を喰《く》らうのも理解できる。

「……」

けれど、それは演技なのだ。クラスメイトたちが語る彼の姿とはかけ離《はな》れているし、第一冷静に観察すれば、ぎこちないのが分かる。普通の中学生が虚勢を張っているにすぎないのだ。

だから、わたしは言っていた。彼から真実を聞き出すために。わたしが見つけた答えを彼へと告げる。

「アナタはイジメられていたんでしょ？　岸谷《きしたに》昌也、二宮《にのみや》俊介《しゆんすけ》、渡部《わたべ》浩二《こうじ》、木室《こむろ》隆義《たかよし》の四人から」

情報を繋《つな》げていって、導きだされる答えは一つだった。

「しかも、ただのイジメじゃない。完璧《かんぺき》すぎた。四対一というだけならまだしも、ほかのクラスメイトにさえ一切悟られず、メールの履歴《りれき》さえ残さず、盗聴《とうちょう》への警戒もしてアナタの行動を制限していた。イジメを密告しようにも、アナタの両親は子供に興味がなく、担任の先生は無気力。仮に密告が成功しても、相手の親はＰＴＡの副会長でモンスターペアレント、そして相手自身もクラスで一番の人気者で、誰《だれ》も味方にはなりそうもない。アナタが孤立無援で、すべてのベクトルがアナタを苦しめるように、完璧なまでに、いや、潔癖《けっぺき》に計算し尽くされている」

わたしは言った。

何度も事件に顔を出していた、かなり恣意的《しいてき》で不気味《ぶきみ》な力の正体。

「悪魔《あくま》は――岸谷昌也だった」

「……」

「教えて。アナタはどうやって悪魔に立ち向かったの？　昌也との間に何があったの？」

わたしが自分の推理を告げると、そこで初めて菅原は表情を変えた。どこか蔑《さげす》むような視線がなくなり、ただ呆然《ぼうぜん》とわたしを見上げていた。

彼は二回か三回ほど口をパクパクと動かし、言葉にならない呻《うめ》き声をあげた。それから突然に口元を押さえて咳《せ》き込みだし、身体《からだ》全体を振り子のように動かしてベンチから転げ落ちると、そのまま何回も荒い呼吸を繰《く》り返した。

そこでようやく彼は嬉《うれ》しそうに笑って「合格です」とだけ言った。

けれど、その意味までは教えてはくれなかった。

やがて彼は息を整えると口にした。

「ココアを買いに行く時間をください。そうしたら、話しますよ」

それは確かに笑顔だった。

だけど、何か違う。その笑顔だけは、彼は「普通の中学生」とはかけ離《はな》れていた。それは『邪悪《じやあく》』としか言いようのない表情だった。

けれど、これで最後。

サバキ

昌也《まさや》が自殺した翌日から、僕は部屋に引きこもっていた。

もちろん何回か部屋の外へ出て行くことはあった。家にやってきた戸口《とぐち》先生や様々な人に事情を説明するため。もちろん、事情なんて言っても「知りません」と必死の演技をしながら答えるしかないのだけれど。不遜《ふそん》を取り繕《つくろ》うのだ、と力一杯の努力をするしかないのだけれど。

「僕は監視されていた。自殺との因果関係はない」と言ってみた。すると父親に力いっぱい殴《なぐ》られた。口の中一杯に血の味が広まった。

けれど、証拠《しょうこ》がないのは事実なのだろう。

いっそのことすべてを打ち明けるのはどうか？　正直に、すべて。僕の革命を。

そう何度も思ったが、その答えは「無理」だった。僕の言葉が都合よく、周囲に信じてもらえるとは思えない。

だから、僕は為《な》す術《すべ》もなく、必要以外のすべての時間は部屋の中にいた。カーテンを全部閉めて、それでも落ち着かなくて、ガムテープで隙間《すきま》を塞《ふさ》いで、僕は布団《ふとん》にくるまった。

震《ふる》えるしかなかった。

地獄《じごく》だった。

階下からは両親が怒鳴《どな》り声をあげてケンカをするのが聞こえてくる。

部屋にあるテレビには、僕が「悪魔《あくま》の中学生」として報道されている。四人を支配し、監視しながらも一人を自殺させた中学生として。

「違うんだ……僕は、もっと、何もできないクズだ」

家の前にはマスコミ関係とおぼしき人間が蠢《うごめ》いている。ガムテープを僅《わず》かに剝《は》がして窓からこっそり見ると、目が合ったような気がして全身から汗が出た。あぁ、そういえば近所のおばさんがテレビで答えていたっけ。『根暗な子で、何を考えているかは分かりませんでした』とか。馬鹿《ばか》言え。たかが隣《となり》に住んでいただけの人間に僕の何が分かるというのだ。

人間力テストの、昌也の才能の、僕の革命の何が分かるというのだ。

「チクショウ、僕は、もっと力強く生きるんだ……無知な他人に笑われようが、へらへら出来るようなクズになるんだ……」

負けてはいけない。そう決意したじゃないか。どんな犠牲《ぎせい》を払ったとしても、僕は進み続けると。正真正銘《しょうしんしょうめい》のクズになる、と。

けれど、昌也が最後に僕へ下した罰《ばつ》はあまりに重すぎた。

日本中がボクに「死ね」と叫んでいるような気がした。

僕がベッドの中で荒い呼吸を繰《く》り返していると、机にあったスマートフォンが鳴り響《ひび》いた。親との連絡以外に使わないものである。誰《だれ》だ、と思って、僕は身体《からだ》全体を伸ばすようにして手に取る。

件名には、ソーさんと書いてあった。あぁ、そうだ。彼には自分のアドレスを教えていたのだ。

《チャットに顔を出さないから心配したよ。やぁ、これがキミが望んだ革命かい？》

「違う！」

僕はそう叫んだ。それから叩《たた》きつけるように文字を打ち、彼へ送信した。

《こんなもの望んでいなかった。僕はもっと別の結末を願っていた。昌也《まさや》の自殺なんて想像もしなかった》

まるでチャットでもするように、メールはすぐに返信されてくる。

《……だろうね。さすがのキミも誰かの死を本気で願うような人間じゃないことは知っている。だがね、キミが原因であることは間違いない。そこは自覚しているかい？》

《うるさい》

《正直、私は残念に思っている。キミに期待していたのに。いつかは私に相談してくれるのではないかと。けれど、この結果だなんて。才能に溢《あふ》れた岸谷《きしたに》昌也を自殺させたどころか、キミが惚《ほ》れた石川琴海《いしかわことみ》さえ意識不明だ》

《黙《だま》れ》

《ねぇ、菅原《すがわら》くん。話を聞く限り、キミの人間力テストは学年最下位じゃないんだろ？　つまり、誰かがキミに投票した。それの誰かが石川琴海という可能性くらいキミは気づいているんだろ？　ほかに投票してくれそうな人間が周りにいるかい？》
《黙れ。黙れ。いちいち、僕の周りのことを見透《みす》かすような言い方するな》
《人間力テストに囚《とら》われすぎた彼女にとって、他人の視線を気にしないキミは羨望《せんぼう》の的だった。キミを尊敬して、期待していた。なのに、キミは裏切り、彼女は意識不明だ》
　ソーさんはメールを送り続けてくる。
《残念な菅原くん》
　僕はそこでスマートフォンを壁へと放《ほう》り投げた。やけに鈍《にぶ》い音をたて、壁に小さなヘコミをつくって、スマートフォンは僕の元へと跳ね返ってくる。電池パックが飛び出して床を滑《すべ》っていった以外に破損はなかった。非力なことである。
　僕はそこで何回か深呼吸をしたあと、机に置かれているボトルガムを二粒ほど口の中に入れた。机によさりかかったまま目を閉じて、心を落ち着かせる。それから、散らばっているスマホと電池パックをかき集めて付け直し、電源が入ったところで再び、ソーさんへとメールを送った。
《おまえは何かを知っているんだろう？　なんで昌也は死んだんだよ？　言えよ。お前は誰だよ。答えろよ。昌也に何をした？　お前が殺したんだろ？》

すべて狂いだしたのはコイツと連絡を取り始めてからだ。何かを知っているべきなのだ。けれど、返ってきた内容はひどく素っ気《そけ》ないものだった。

《勘違《かんちが》いしているようだが、私はこの事件には関与していない。責任転嫁《てんか》をしても状況は好転しないよ》

メールの最後にはこう書かれていた。

《だが、菅原《すがわら》くんとの交流もここらで潮時だろう。すまなかった。キミの平穏《へいおん》を脅《おびや》かすつもりは一切なかった。信頼《しんらい》関係を築けなかったのはこちらにも非がある。さようなら。今までの交流は楽しかったよ》

僕はその言葉に対して、すぐに何件かのメールを送った。けれど、一通も返ってくることはなかった。

ソーさんは僕の元から姿を消した。

その日の夜、家がなにか騒《さわ》がしいと思ったら、両親が夜逃げをしたらしい。

彼らが息子を見捨てて逃げ去ったことを僕は翌日の朝に知った。テーブルの上には、ワープロで印刷された手紙が数枚ほど置いてあった。最初、気づくのに時間がかかった。夕食同様、朝食を作るのも僕の義務だから、早起きして台所に立つ。僕はパンをトースターに入れて、カリカリに焼いたベーコンと卵をフライパンの上でかき混ぜた。そして、紅茶を淹《い》れてから、両親が起きてこないことを不思議に思って、その手紙に気がついた。

書かれている内容は、簡素なものだった。

彼らは会社から強引に休みをもらって、この家から離《はな》れることにしたということ。一週間くらいの生活費は置いたはずだから、僕はこの家から動かないでほしいこと。決してどちらかの職場や実家に連絡しようなどとは考えてはいけないこと。

「……逃げやがった」

僕は思わずそう呟《つぶや》いていた。すべてを、僕に一任するらしい。原因は僕にあるのだから、彼らの苦渋も想像できる。けれど、一声も僕に言ってくれなかったのか？　それが親の行為なのだろうか？

僕は親にさえ捨てられた。

「アイツらは結局、最後まで僕の言葉を聞いてくれなかったな……」

誰もいない家はまるで牢獄《ろうごく》のようだった。

食欲はどんどん減退していった。事件のことを実感すれば、胃が握りつぶされるような感覚に陥《おちい》っていく。何かを口に入れることはあったけれど、その度《たび》に吐《は》くことを繰《く》り返した。

　そんな生活でも頭はやけに働く。

　だから僕は誰《だれ》にも気づかれないように、深夜こっそりと裏口から家を出て、ある場所へと向かうのだった。

　目的の家のチャイムを何度も鳴らして、僕はトビラを蹴《け》り飛ばす。すぐに知らない醜《みにく》く肥えた中年のおばさんが顔をだした。僕はそいつを突き飛ばして、強引に家へと入った。不法侵入だろうが知ったことじゃない。

「加藤幸太《かとうこうた》！」

　僕は力の限りに叫んだ。

「出てこい。いるんだろ？」

　するとある部屋からジャージ姿でマヌケ面《づら》を浮かべた加藤幸太が顔をだした。彼の表情がすぐに怯《おび》えに切り替わったのを見逃さずに、僕はやつの胸ぐらを摑《つか》んだ。彼は情けなく頓狂《とんきょう》な声をあげた。

　僕は彼の身体《からだ》を壁へと叩《たた》きつける。

「昌也《まさや》にイヤガラセをしたのは、お前だな？」

　傷害事件後、昌也のノートが墨汁《ぼくじゅう》まみれになった。頭の中で何度も犯人を誰か考えると、そんな馬鹿《ばか》なことをする人間の予想がついた。

「バレないとでも思ったのか？　あのタイミングなら、なにをやっても僕に罪を押しつけられると思ったのか？」

　けれど加藤幸太は首を振るばかりだった。

「ち、違う。嘘《うそ》をつくな。あ、あれは菅原《すがわら》がやったことだろ？」

「あの日、僕は昌也の机にさえ一切近づかなかった。それはクラスの誰もが見張っていて知っている。第一、僕のはメーカーが違う」

「お、俺だってそうだよ！　書道カバンをみてよ、違うやつだ！」

　その言葉を聞いて、僕は加藤の顔を殴《なぐ》った。隣《となり》で母親が小さな叫び声をあげたけれど、どうでもいい。

　倒れた加藤の頭を思いっきり踏《ふ》みつける。

「誰も『墨汁』なんて一言も言ってねぇよ、バーカ！」

　こんなやつ、もっと痛めつけていい。

　僕は怒《いか》りに身を任せようとしたが、加藤の前に彼の母親が立ちふさがった。「警察呼びますよ！」と涙ながら叫んでいる。僕は居間に見える受話器を叩き壊《こわ》してやろうかと思ったが、なんとか我慢した。

　もうコイツらなんかどうでもいい。

　母親をもう一度突き飛ばし加藤に蹴りを食らわしたあとで、僕はもう帰ることにした。そこで僕は土足で上がりこんでしまったことに気がつく。

まったく、この空間にいるだけで知能が低下してしまいそうだ。

そんな風に考えると、僕の後ろで誰《だれ》かが何かを叫んだ。

「何を喚《わめ》こうが、お前は終わりなんだよ！　菅原《すがわら》！」

それは、加藤幸太《かとうこうた》だった。僕が帰ろうとするのを、自分が優位だと感じたのか、威勢良く喚いている。

「誰がどう見たって、アレはお前の仕業《しわざ》にしか見えないんだからなぁ！　ノーリスクで昌也《まさや》に仕打ちできて、清々《せいせい》したよ！　最悪犯人が俺だとバレても、お前に脅《おど》されたって証言してやるよ！　なんせ、お前は悪魔《あくま》の中学生なんだからな！」

「あぁ。マスコミにベラベラ話しているクラスメイトAって、お前なんだな」

僕は振り向いて告げる。

加藤は下品に笑った。

「どうせ、俺がやったのは一回だけだ！　別に昌也が死んだのは、俺のせいじゃない！　どう考えても、昌也を殺したのはお前だよ。この人殺し！」

僕がヒトゴロシ。

だったら、お前は昌也を殺していないとでも？

別に僕は加藤にこれ以上、なにか制裁を加える気など毛頭なかった。彼に言いたいことは山ほどあったけれど、どうせ僕並に馬鹿《ばか》な脳味噌《のうみそ》に言ったところで伝わらないだろうし、伝わったとしてもどうしようもない。

だから、僕がやったのは、ただの八つ当たりだ。加藤がひたすらに不愉快なだけだった。

「マヌケな生物って録音の警戒とかできないのかね？」

そう脅しながら、僕はポケットからスマートフォンを取り出す。

加藤の顔から一気に血の気が引いていくのが見えた。それから、徐々に力が抜けていくように加藤は膝《ひざ》から崩れ落ちる。

「良かったな。慰《なぐさ》めてくれるママが横にいて」

僕はそう嘲《あざけ》るように笑って、加藤の家から去っていくことにした。

冬空の下で、殴《なぐ》った際、加藤の歯にあたって皮膚《ひふ》の剝《む》けた右手をさすりながら帰る。勝ち誇る気分など味わえるわけもない。怒《いか》りに身を委《ゆだ》ねたことが、より一層惨《みじ》めに感じられるだけだ。だから、道中で僕は吐いてしまった。標識にもたれながら呼吸を落ち着かせる。

「チクショウ……」

本当は録音なんて一切していなかった。デマカセだ。やはり僕は詰めが甘い。怒り任せに突《とっ》撃《げき》してしまっただけ。自分の無能さには、ほとほと呆《あき》れるしかない。

だが、たとえ録音などあったとしても、どの道、すべての罪は僕のものになるだろう。たかがイヤガラセ一つで昌也が死ぬなんて誰も信じないし、僕が持ってきた証拠《しょうこ》をまともに扱ってくれるとも思わない。

昌也《まさや》を殺したのは紛《まぎ》れもなく僕なのだ。

僕は、クズなのだ。


家に帰ると、愛すべきクラスメイトから一通の手紙が届いていたことに気づいた。ポストなんて、しばらく確認していなかったのだ。

冒頭にはクラスの人間しか知りえない情報があり、これがイタズラではない証明があった。

本文は三十行ほど。でも、みんな一緒《いっしょ》の文章。筆跡は一行一行バラバラ。

『マサを殺した悪魔《あくま》は死ね』

これだけがズラリと一面に並ぶ。

僕と昌也、石川《いしかわ》さんを除いたクラスメイト三十二人分の怨念《おんねん》だった。

僕はそれで鼻をかんで、くしゃくしゃ丸めてからゴミ箱に捨てた。


加藤《かとう》の家に行った以外にも、夜になってから外へ出ることがあった。

昼間になにも食べられない分、日が沈むとどうしようもなくお腹《なか》が減るのだ。こういうとき、僕は外へ出る。「若者のカルシウム不足」「鉄分不足」とかでストレスが過剰《かじょう》にたまっているのだ、と勝手な推測だけをして、コンビニで牛乳は必ず購入。それから、おでんや簡単なオカズを買って、外で、たいていは道端《みちばた》で食べた。家で食べるとどうしても吐《は》いてしまうから。

一番気に入った場所は歩道橋の上だった。

僕らが住む街の大動脈ともいえる道路はたとえ深夜十二時でも数多くの車が走っていて、その上で食べるホットフードは格別の味だった。

僕の視力では見えないほどの長い道路を眺めながら、このまま逃げていけたらいいと願う。自殺するには僕は臆病《おくびょう》すぎた。

暗がりで車のフロントライトを見つめながら、僕は一人で空腹を収めた。

十二月の寒さが身にしみた。


僕が再び動き始めるには七日間かかった。

一週間苦しみぬいて、僕が決断したのは革命の再始動だった。ほかに選択肢《せんたくし》なんてなかった。ここで違う選択肢を摑《つか》み取るには、僕はあまりに失いすぎていた。

そして、むしろ失ったからこそ辞めるわけにはいかなかった。

ヤケクソだった。もうそれはただの破滅願望に近いものだった。

「すべてが僕の敵だ。けれど、それがなんだ。世間では僕の死刑を叫び、マスコミは僕を異常者とし、親は見捨て、友達には縁を切られ、クラスメイトにも『死ね』と言われる。でも、元々、僕の日常に味方なんかいなかったじゃないか……全世界の誰《だれ》も、僕に愛なんか注がなかった……何を思い上がっていたんだろう？　それこそが僕じゃないか」

昌也《まさや》は命をかけて僕の革命を壊《こわ》した。

だから革命は次の段階に移行する——「第二次革命」だ。

今度は僕が人生をかけ、世界を変える番だった。

「ねぇ、昌也。もう一度、僕はキミと闘《たたか》うよ」


それは苦しい選択だった。

たかが中学二年生にできることは限られていた。

今までの計算はすべて昌也に打ち壊《こわ》されていたし、むしろすべてが僕に牙《きば》を剝《む》いていた。僕の発言はすべて空虚《くうきょ》な言い訳にしかならないし、なにより僕の明確な指針であった存在の消失は革命にとても大きく影響《えいきょう》を及ぼしていた。

岸谷《きしたに》昌也の計算は前回よりさらに完璧《かんぺき》だった。

僕はこの三日間で、五十六杯の紅茶、五十三粒ほどのガムを消費していた。格好つけてタバコに手を出せないのは、僕がクズで勇気が足りないだけ。

五十七杯目の紅茶を飲むために、僕はお湯を沸かして、ゆっくりと思考を繰《く》り返す。

毎日していた掃除さえせずに、部屋中にゴミをまき散らしながらボールペンを走らせる。

僕は計算と自己反省を繰り返しながら、考えていく。

けれど、あまりに無謀《むぼう》な状況では何もできず、やったことと言えば、昌也の家のポストに猫の死体とヘンテコな予告文を入れたぐらいである。昌也の母親とは二度と会いたくないと思っていたが、『彼女』という莫大《ばくだい》なエネルギーをどうにかしないと成功しそうにない。

そして、僕の第二次革命の状況が大きく変わったのは、昌也が自殺してから二週間ほど経《た》った頃《ころ》だった。

僕がやはり夜の歩道橋の上でポテトチップを食べていたときである。

やけに背の高い女性が目の前に現れたのだ。


「よぉ、たっきゅん」

それは以前フードコートで出会った女性であった。名前はたしか紗世《さよ》さんと言ったか。女性にしては明らかに背の高い人である。僕の父親よりも大きい。真っ黒なライダースーツがこれほど似合う人を僕は見たことがない。道路ではなく、歩道橋にいるのが場違いとさえ感じられるほどだ。

会ったことはあるけれど、訳の分からない名前を呼ばれたので人違いかもしれない。

「たっきゅん、って誰《だれ》です？　僕はそんな名前ではないですよ」

「知っているよ。菅原拓《すがわらたく》だろう？　だから、たっきゅんだ」

なんだそれ、と思わなくもなかったが、それ以上に重要な事実があった。だから、つい僅《わず》かに身を引いてしまった。

彼女は僕の名前を知っている。

僕のことをどこまで知っているかは不明だけれど、それでも、名前を知られているのはあまりに危険すぎた。

「だから、お前の教室で起こった事件の概要《がいよう》も知っている。けど、安心しろ。あの事件の真相は知らない。何も知らないことだけは知っているから」

そう言うと彼女は素早い動きで腕を伸ばして、僕の襟《えり》を摑《つか》んだ。運動神経が悪いせいか、いとも簡単に捕まってしまう。僕は彼女の腕を殴《なぐ》ろうとしたが、すぐに体勢を組み替えられ、歩道橋の手すりに身体《からだ》を押さえつけられた。

一秒後、冷たい金属の感触が服を越えて、胸もとに伝わってくる。

安心して、とはかけ離《はな》れた状況だ。

「なんですか？」僕は唸《うな》るように言った。「また飯でも食いたいんですか。地面に落としたポテトチップならありますよ」

「そんなもんいるか。お前は岸谷昌也《きしたにまさや》に何をしたんだ？『革命』ってなんだ？　それだけ教えてくれよ」

あぁ、と僕は気づく。この人も僕を責めるのだ。かつて励ましてくれた彼女でも、僕の罪を問うのだ。

チクショウ、なんて惨《みじ》めなんだ。

みんな、僕から離《はな》れていくのだ。やはり誰一人として味方なんていないのだ。そのことに気がつくと、胸の奥から哀《かな》しみが湧《わ》き起こってきた。クズはここまで生きにくいのか。こんなに大変なのか。

嗚咽《おえつ》に似た衝動《しょうどう》がこみあがってくる。唇《くちびる》を噛《か》み締《し》め、紗世《さよ》さんの足を強く踏んでやった。けれど、彼女は僕への締め付けをより一層強くするだけで、ビクともしなかった。

チクショウ、チクショウ、チクショウ。

「全部話した。僕は彼らをイジメていた」僕はただ叫んでいた。「だから、ネットでバラしやがった連帯責任で昌也を水筒でぶん殴《なぐ》り、そのあともジワリジワリと追い込み続けた。そして、昌也は自殺した。ざまーみろ！」

もう止まらなかった。

計画など革命など、あらゆるものを放《ほう》り投げてめちゃくちゃに喚《わめ》くしかなかった。

だって、日本中がそれを望んでいるんだろ？

それが幸せなんだろ？

「イジメってのは画期的な発明だよなぁ！　将来の夢も国家の命運をかけた使命もない、ひたすらに生温《なまぬる》い空間に、若さ溢《あふ》れる人間を三十人も閉じ込めるなんて退屈なだけだぜ！　そんな生活への清涼剤！　刺激がなきゃ人間生きていけないだろうさ！」

チクショウ。チクショウ。チクショウ。

「動機？　ただの嫉妬《しっと》だよ！　僕の初恋の相手がなにせ昌也《まさや》の彼女なんだから！　しかもやつは人気者！　ターゲットとしては申し分ないだろ。まさに革命！　すげぇカッコイイじゃん！　これこそ完璧《かんぺき》な完全犯罪じゃん！」

チクショウ。チクショウ。チクショウ！

「だから、僕は復讐《ふくしゅう》を続けるのさ！　昌也の母も許さない！　土下座《どげざ》回りなんて馬鹿《ばか》げたことさせてくれたクズに容赦《ようしゃ》はしない！　殺し損ねた石川琴海《いしかわことみ》も許さない！　すべて許さない！　みんな、死んじまえ！」

「たっきゅん、もういい！」

耳元で叫ばれた紗世《さよ》さんの声、それから彼女の体勢が変わったことによって、僕の正気は戻った。彼女は僕を抱きしめていた。僕よりも高い位置から、僕を包むようにして彼女は抱いていた。

彼女の顔が僕の頭へと押しつけられるのが分かる。ライダースーツのせいで体温は伝わらないけれど、彼女の腕がつよく僕を締めていることはわかった。

「もういいよ、お前がヒトをイジメられるわけないんだ……」

　彼女は絞り出すような声をだした。

「木室隆義《こむろたかよし》と電話で話した。どう考えても、悪いのはアイツじゃんかよ。ニュースしか知らない人間には分からない。証拠《しょうこ》と証言しか見ない警察や先生には分からない。でも、誰がどう見ても、お前が悪いわけないじゃんか」

「なんですか、それ……論理的じゃない」

「論理の問題じゃない。そういうのは伝わるんだ。あぁ、無茶苦茶《むちゃくちゃ》だよ。勘《かん》だよ。でも、クラスメイトを自殺させるような悪魔《あくま》が失恋して惨《みじ》めったらしくフードコートで号泣するようには思えないだけだ」

　世の中にはいるだろう。僕はそう思ったけれど、口にはできなかった。何も出てこなかった。そして、無性に泣きたくなった。泣かないけれど。革命前にそう決めたから。

　僕はそのまま無抵抗のままで、歩道橋の上に立ち続けていた。紗世さんに抱かれたまま、歩道橋の下を通っていく車を眺め続ける。まるで僕のことなど目に入らないようにスピードを落とさずに車は駆け抜け、そして、僕らの立つ歩道橋を僅《わず》かに揺らした。

　しばらく時間が経《た》ったあと、やや名残惜《なごりお》しく思いながら、僕は紗世さんの腕を優しく振りほどくことにした。子供じゃないんだから、いつまでも甘えるわけにはいかない。

「お前は子供なんだから、もっと甘えていいんだぞ」

そんな僕の心を見透かしたように紗世《さよ》さんは言った。

僕は首を振った。

「もう十四歳ですよ。声は低くなっているし、オナニーだって出来る」

「下ネタ好きなんだな。お前って」

紗世さんは笑った。

「おまえに何があったのか、話してくれないか？」

「どうして？」

「昌也《まさや》の姉が事件を調べている。私は助手というわけだ」

たしか、香苗《かなえ》さんと言ったっけ？　彼女に関しては、昌也が何回も語ってくれたから覚えている。彼は姉と母に対しては、特に饒舌《じょうぜつ》に語った。

革命の可能性を考えるなら会うべきかもしれないけれど、それは危険な気がした。

「話しませんよ。どうせ信じてくれないでしょうし、僕の言うことを百パーセント真に受ける馬鹿《ばか》も足手まといです」

「なんの？」

「革命の」

「なら、昌也の姉にだけ話せよ。アイツはお前を絶対に信用しない。納得いく結果が得られるまでひかないはずだ。今はすこし怖気《おじけ》づいているが、それでもすぐに向き合うはずだ」

「……何を怖がっているんです？」

「それは……私にも分からん。アイツは何かを隠《かく》しているようにも見える。そして、放《ほう》っておいたら、そのことでアイツはお前に復讐《ふくしゅう》するかもしれない。昌也の母親のことも知っているだろ？　もう真実を話せ。私を信用しろ」

そう言いながら、彼女は自身の胸もとを拳《こぶし》で叩《たた》いた。紗世さんの弾《はじ》けるような笑顔が視界に入り、ライダースーツの擦《こす》れる音と強く太鼓《たいこ》のような鈍《にぶ》い音が耳に入る。僕を励ましているつもりらしい。

僕は彼女の真剣な瞳《ひとみ》を見つめながら、いくつもの計算を繰《く》り返した。けれど、先ほど妙な興《こう》奮《ふん》状態になったせいか、思考はなかなかまとまらなかった。だから促されるままに「いいですよ」と言ってしまった。

紗世さんがそこまで言うのなら、会ってみようじゃないか。

岸谷《きしたに》香苗さんに、僕が自殺させた相手の姉に。

もちろん、理解している。

大きく笑って嘲《あざけ》ってほしい。

なにせ親友には自殺され、初恋の人には殴《なぐ》られ、親には捨てられ、クラスメイトには「死ね」と罵《ののし》られ、ネット上の友人にさえ見捨てられて、日本中から「死刑にしろ」と叫ばれているのが、僕なのだ。

ただ女性に抱きつかれたくらいで、心を許してしまうなんて愚《おろ》かなことだ。エロ中学生と罵《ば》倒《とう》されるべきだ。

信じた人には裏切られる。


翌日、僕はベンチにいた。

僕が紗《さ》世《よ》さんに提示した条件は二つだった。

一つは、僕と会うことは直前まで隠《かく》しておくこと。

二つは、日時と場所は僕に決めさせてほしいこと。

そういうわけで、僕は午後四時頃《ごろ》、昌也《まさや》の家から徒歩五分圏内にある公園にいた。何事もなければ、香苗《かなえ》さんはここに来ることになっている。

「もしかしたら、彼女が最後のピースになるかもしれない」

僕はスマホのイヤホンジャックを手でいじりながら、考える。昨日の歩道橋と違って、大分思考は落ち着いてきた。

もう恥《は》ずかしい失態は見せないようにしよう。冷静に対処するのだ。

そして、第二次革命を完遂《かんすい》させよう。

「それに僕からだって彼女に尋ねたいことはある」

一個だけ僕にも謎《なぞ》がある。

石川《いしかわ》さんが語ったことだけれど、一つだけ意味不明なことがあった。最初は加藤《かとう》の仕業《しわざ》と考えたが、それもどうやら違うようだ。

九月、昌也の体操服が切り刻まれた――。

当然ながら僕じゃない。石川さんでもない。

戸口《とぐち》先生から聞きだした話によれば、五限にあった体育の直前、昌也が体操服を取り出すと、それは鋭利《えいり》なもので切り刻まれていたらしい。僕はたまたま図書室にでも行っていたのか、現場は見ていない。けれど推理はできる。だって昌也のカバンからこっそり抜き取り、ハサミで切り刻んで、元に戻せる人間なんて限られているじゃないか。こっそり墨汁《ぼくじゅう》をかけるイヤガラセとはわけが違う。

そして九月という時期。大学生ならまだ夏季休暇だ。実家に帰っている人も多いだろう。

紗世さんは語った。アイツは何かを隠している、と。

だから聞こう。

昌也の体操服を切り裂《さ》いたのは香苗さんなんですか？

後ろの方で足音が聞こえた。

これで最後。

LINE『☆二年一組グループ☆』十二月十六日　十八時二十五分から

―瀬戸口観太《せとぐちかんた》が菅原拓《すがわらたく》を招待しました。―
―菅原拓が参加しました。―

あやか：菅原シネ
このは：死ね
華加《はなか》：お前も自殺しろ。シネシネシネシネ。葬式もサボりやがって
すぬー：なにか言えよ。キモイんだよ
もりぃ：あーぁ、お前のせいで、わたしたちまでネットで叩《たた》かれている
もりぃ：イジメを無視した級友ダッテヨ。マジ死ね
こーた：結局、ことみんはどうなったの？
こーた：まだ意識不明？
ほのか：たぶん。このまま目覚まさなかったから、菅原ガチクズ
瀬戸口観太：マサの弱みを握って脅迫《きょうはく》したん？

じゅん　：じゃね？　あんなキモオタにマサを殺せるわけがない
ユキ　　：おれらの仲間を殺して、ただで済むと思うな
ようき　：コージ達も何か言って
あやか　：今はやめろよ。
すぬー　：てか、とっくに退会しているからな。連絡つかん
ほのか　：シュンスケはまだグループ内にいるよ。喋《しゃべ》らないけど。
ほのか　：菅原はなにか喋れよ。
菅原拓　：わざわざ招待しといて……
菅原拓　：なに？
ララ花江《はなえ》：死ね。『なに？』じゃねぇよ
じゅん　：さっさと自殺しろ。殺人犯
なのえ　：死ね
古田美春《ふるたみはる》：死んでください
菅原拓　：ねぇ、どうして昌也《まさや》を助けられなかったの？
あやか　：はあぁ？
すぬー　：意味不
華加　　：シネシネシネシネシネシネシネ

菅原拓《すがわらたく》：答えてくれよ
瀬戸口観太《せとぐちかんた》：ん？　なんで、お前が仕切ってるん？
このは：調子のんな
菅原拓：どうして昌也《まさや》は亡《な》くなったの？　誰《だれ》も知らないの？
ララ花江《はなえ》：殺人犯、うぜえええええええええええええ！
ユキ：『答えろよ』（キリッ）　ワロスｗｗ
もりぃ：とっとと自殺しろ
菅原拓：あぁ、そうだった。お前らはマヌケだった。だから、誰も質問に答えない。昌也が自殺しても、ここまで軽々『死ね』と口にする。
このは：マヌケはお前だ。英語の成績、何点だよ？
じゅん：ちなみに、人間力テストは何位なんでちゅか？　コミュ障ボッチくん？
菅原拓：真実に誰一人として気づかない。その無様《ぶざま》な事実に目を背《そむ》けて、ただ無意味な罵倒《ばとう》を繰《く》り返すだけかよ。ほんと、めでたい頭してんな
華加《はなか》：病院行け
ようき：んで自殺ね
すぬー：お前がイジメたから、昌也は自殺した。昌也の遺書にもそう書いてあったの！　なんで、コッチが原因？　ばかじゃねぇの？

瀬戸口観太：菅原のような人間に「友情」は理解できないんだろうな
菅原拓：知ってる。グループラインの中で、口先だけで集団リンチすることだろ？
瀬戸口観太：違う
菅原拓：違わねぇだろ
菅原拓：昌也を死なせて、その理由も分からず、ただ罵倒するだけ。逆に聞きたいな。お前の言う「友情」ってなんだ？
菅原拓：素晴らしいものと賞賛するなら、他人に攻撃《こうげき》する口実にするなよ。自身の愚行《ぐこう》を肯定《こうてい》する理由にするなよ。ただ、ただ、不愉快だ
なのえ：うるさい、死ね。
ララ花江：なに語ってんの？　キモ
華加：なぁ、この文章マスコミに送らね？
華加：そして日本中に晒《さら》してやんのｗｗ
ユキ：菅原語録（笑）
じゅん：かっけえっす、先輩ｗｗ
ララ花江：とりま。菅原は逝《ゆ》け。お湯入れて、三分で逝け
シュンスケ：自殺しろ
ほのか：シュンスケエエエエエエ！

瀬戸《せと》口観太《ぐちかんた》：超久しぶり！
華加《はなか》：おお！　体調大丈夫《だいじょうぶ》なん？
シュンスケ：菅原《すがわら》、今までビビッていたけど、勇気出して言うわ
シュンスケ：マジで自殺しろ。いい加減、理解しろよ。
シュンスケ：このクラスだけじゃない。日本全員が、お前の自殺を望んでいる。
シュンスケ：それが日本の最大幸福だ。正義なんだ。
シュンスケ：みんなの幸せのために自殺しろ
すぬー：シュンスケ、かっけええぇ！　同感！
じゅん：超良いこと言ったわ
ようき：じ・さ・つ！　じ・さ・つ！
こーた：さっさと自殺！　しねしねしねしね！
あやか：シュンスケ、惚《ほ》れるわー。菅原は自殺
なのえ：死ね。菅原、死ね。幸福のために史ね
菅原拓《たく》：やっと出てきた……ちょうど二宮《にのみや》とは決着つけとこうと思っていたんだ
シュンスケ：奇遇だな。俺もだよ
菅原拓：そしてさ、
菅原拓：お前らはまだ気づかないの？

シュンスケ：なにがだよ
菅原拓：ずっと僕は聞いてきただろう？　『昌也《まさや》がどうして亡《な》くなったか？』
シュンスケ：ねぇ、本当に『菅原拓がたった一人で自殺に追い込んだ』と思っているの？
菅原拓：黙《だま》れ。お前はもう何も口にするな
菅原拓：なに慌《あわ》てているんだよ、二宮
菅原拓：まるで『僕が黙らなきゃ不都合がある』みたいじゃないか？
シュンスケ：僕は聞いているだけだよ。『僕に協力者がいた』可能性は考えなかったのかと。
菅原拓：待て、菅原！　おまえは！
菅原拓：つまりさ、
菅原拓：『二宮俊介《しゅんすけ》が菅原拓の協力者である』
菅原拓：とは、
シュンスケ：思わないの？　全部、納得いくだろう？　昌也が自殺した理由も、ここで喚《わめ》いている理由も
菅原拓：嘘《うそ》をつくな！
シュンスケ：なら説明しろよ、二宮。どうして昌也は亡くなったか？　僕がどうやって四人の人気者を支配したか？　お前が知らないはずないだろう？
シュンスケ：菅原、調子に乗んなよ……

すぬー：……いや、でもさ正直、教えてくれよ
あやか：確かに。シュンスケを疑うわけじゃないけどさ、いい加減、話してよ
華加《はなか》：仲間だしさ、事情があるなら相談にのるからね
シュンスケ：お前ら、馬鹿《ばか》か？　なに菅原《すがわら》の口車に乗ってんだよ！
瀬戸口観太《せとぐちかんた》：いや、菅原の言葉とは関係ない
瀬戸口観太：俺たちも気になっているんだ。どうして昌也《まさや》が自殺したか？
菅原拓《たく》：まぁ、話せるわけがないんだけどね
菅原拓：僕に全部の罪をかぶせて、終わらせるつもりなんだから
シュンスケ：菅原は黙《だま》ってろ！
じゅん：じゃあ教えてくれよ、シュンスケ。裏切り者じゃないなら
もりぃ：お願い、シュンスケ
ララ花江《はなえ》：シュンスケ、話してよ
ひょーた：シュンスケ、頼《たの》む
このは：少しでもいいからさ
すぬー：どうして語ってくれないの？　なにか理由があるの？
ユキ：本当に……菅原の協力者だったのか？
シュンスケ：ふざけんな

——シュンスケが退会しました——

あやか　：え……なんで何も言えないの
ララ花江：もしかして、ホントなの？
じゅん　：嘘《うそ》だろ……
菅原拓　：嘘だけど？
あやか　：は？
菅原拓　：全部、嘘だよ。二宮《にのみや》は僕の協力者じゃない。
すぬー　：お前、いい加減にしろよ！　シュンスケにまで！
もりぃ　：最悪。本気で死ねばいい
菅原拓　：何？　僕が悪いとでも？　散々、罵倒《ばとう》していた僕が少し誘導《ゆうどう》したら、よってたかって尋問した。これも僕の責任か？
菅原拓　：正確に言えば僕は嘘さえついてない。ただ『可能性』を指摘しただけだ。
菅原拓　：それでも、グループラインを退出するまで傷つけたのも全部、僕のせいか？
菅原拓　：お願いだから、気づいてくれよ。結局、お前らがやっているのは馴《な》れ合いなんだ。集団の最大幸福とやらに盲従しているだけだ菅原拓《すがわらたく》：昌也《まさや》を護《まも》れない。菅原を殺せない。二宮《にのみや》を傷つける。
菅原拓：人間力テストだなんて馴《な》れ合いのうまい奴《やつ》のランキングでしかないんだ。
菅原拓：友達の多さを誇ってもいい。けど、そんなの能力の一つでしかないんだ。
古田美春《ふるたみはる》：人格全《すべ》てを否定できるものじゃない。それに気づかないお前らは異常だよ
古田美春：……
すぬー：それが、菅原のやりたいことなの？
古田美春：「それ」ってなに……？
あやか：なんでもない。ただ、ちょっと共感できた
じゅん：はぁ、全然イミフだけど？　しかもシュンスケにまで酷《ひど》いことして
なのえ：古田さん、なに言うてるん？
ようき：わたしは理解できない
ようき：僕はほんの少しだけわかる……。
菅原拓：でも、昌也を殺したことは別の話だ
菅原拓：そうだよ。それでいいんだ。別に僕の仲間になってもらおうなんて思わない。
菅原拓：無理な話だよね。昌也を自殺に追い込んで、そんな都合の良いことは言わない。
菅原拓：だから、ただ僕を嘲笑《あざわら》え
菅原拓：僕の革命をそこで指くわえて見ていろよ

——菅原拓が退会しました——

革命前夜

　五分ほどの時間が経《た》ったあと、菅原《すがわら》くんはココアの缶を両手に持って戻ってきた。実は逃げたんじゃないかと思って警戒したが、そうではなかったらしい。彼はわたしにビター系か甘め系のどちらが好きかと尋ね、わたしは甘めと答えた。それから、お金を払うと主張したが、彼は黙《だま》って首を振った。大学生が中学生に奢《おご》ってもらうなんて不思議な話。

　彼はわたしの隣《となり》に腰掛けると、プルタブを開けた。そして、そこからは何も口にはしなかった。おそらく何かを考えているのだろう。

　広い公園の片隅《かたすみ》で黙り合うのもヘンテコだったので、わたしの方から尋ねることにした。

「昌也《まさや》は本当にアナタをイジメていたの？」

「はい」と菅原くんは即答する。「証拠《しょうこ》はありませんがね。昌也はそんな間抜けなことはしなかった」

「どうして、そこまで……昌也に恨《うら》まれることをしたの？」

「さぁ、どうでしょう？」

菅原くんは素《そ》っ気《け》ない返事をしたが、それを見て質問を間違えたことに気がついた。事件について知りたい気持ちが強すぎたためか、それとも昌也をどこか庇《かば》う気持ちがあるのか、最低な質問をした。

イジメる側には常に大した理由はないものだ。

「……僕から好きなように語らせてもらっていいですか？」

しばらくの沈黙《ちんもく》のあとで彼はそう言った。

「そこそこに長い話になるかもしれませんが、その方がいいでしょう。僕と昌也の関係を、どうして彼が自殺したのかを」

わたしは頷《うなず》いた。

知らなければならない。たとえ、どんな真実があろうとも。

彼は繰《く》り返し話し続ける。

「僕がうまく喋《しゃべ》れるかは分かりません」

「人と会話なんて基本、しませんから」

「僕は説明するのが下手《へた》くそなんです」

「馬鹿《ばか》ですから。非常に」

「だから敬語も外します」

「そして、できれば内心で馬鹿《ばか》にしながら聞いてほしい」

「そうすると、嬉《うれ》しいんですよ。少なくとも、僕と意見が一致する」

「僕と一つになれる」

「では、事実と想像を織り交ぜて語るね」

「どうして昌也《まさや》が亡《な》くなったのかを」

「昌也が僕をイジメ始めたのは、二年生の五月頃《ごろ》になる。徐々に酷《ひど》くなったとかじゃない。唐《とう》突《とつ》に始まり、唐突に金を奪《うば》われ、唐突に腹を殴《なぐ》られた。昌也、そして、二宮《にのみや》くん、渡部《わたべ》くん、木室《こむろ》くんの全員から。帰り道、突然に囲まれ、襲《おそ》われた。友人とさえ思っていたのに、裏切られた」

親友、と昌也はかつて言っていたそうよ？

「そうですね。僕らは互いを親友と思っていた。僕と昌也は元々一定の関《かか》わりがあった。休日に一緒《いっしょ》に遊ぶみたいな関係じゃないけどね。昼休みさえ一緒にいない。メールもSNSもしない。けれど、たとえば放課後の帰り道で一緒になったときとか、僕は彼と話すことはあった。一年の秋から二年の春くらいまで」

「僕は無口だから、昌也が一方的に語るだけが多かったよ。けっこう昌也の愚痴《ぐち》を聞いていた。僕はいろんなコミュニティから外れているせいか、ね。人間力テストがある教室じゃあ、簡単に愚痴も言えない。彼はその辛《つら》い想《おも》いを僕に吐《は》き出すことで癒《いや》しを得ていたんだと思う。僕自身、天才的な昌也と話せて嬉《うれ》しかったよ」

「帰り道、僕らはいろんなことをお互い語りあった。将来の夢も、教室での嫌《きら》いなやつも好きなやつも、訳の分からない親の言い分も、放任すぎる先生への苛立《いらだ》ちも、静かに迫ってくる漠然とした不安にも」

「時には公園によって、遅くまで話した」

「本当に、楽しい日々だった」

「彼の話はどれも僕の視点とは違っていて、僕の話も彼は『お前らしい考え方だな』と笑ってくれた」

「親友だったんだ」

「なのに、二年生の五月、僕は突然に殴られた。誰にも見られないよう巧妙に」

「『悪い、拓。分かってくれるだろ？』と、昌也は三人の友人を引き連れ、僕の耳元で囁《ささや》いた」

「殴られるまで意味が分からなかった。いや、殴られても意味が分からなかった」

「イジメというのは被害者にとっては理不尽《りふじん》なものだよ。僕は理由も動機も一切分からず、金銭を強奪《ごうだつ》され、また脅《おど》された。本当にショックだった。傷でも金でもない。昌也に殴られたことがショックだった。なにかの間違いだと思った」

「僕は岸谷《きしたに》昌也を尊敬していた」

「二宮《にのみや》くんも渡部《わたべ》くんも木室《こむろ》くんも一目置いていた。彼らが僕よりもとびきり優秀な人間だと自覚していた」

「なのにイジメは続いた。彼らは絶対に誰《だれ》にも気づかれないような場所で僕への加虐《かぎやく》をおこなった。エンピツを食べさせられ、腹を殴《なぐ》られ、生活費を奪《うば》われ、オナニーをさせられた。完璧《かんぺき》に完全に誰にも見つからなかった」

「後から気づいたことだけど、三人の誰かが昌也《まさや》にイジメ自体をけしかけたらしい。地味な僕と話す昌也をからかい、軽く嘲《あざけ》り、昌也はグループから外れるのが恐《こわ》くて僕を殴った。『あんなキモイやつと仲良くするな。お前ダサいよ？』そんな風な会話があったんだと思う。『殴れよ。おれらとアイツ、どっちが友達なんだよ？』と。そんなことを最初、彼らは後ろで話していた」

「昌也も最初はどこかで辞める気があったようだ。そういう雰囲気《ふんいき》が彼にはあった。三人の友人の手前、いやいや従わざるを得なかった。けれど、そんな気持ちはすぐに消えた。目に見えて分かった」

「天才少年にとって初めての非行は魅力的《みりよくてき》すぎた」

「彼は、のめり込んだんだ」

「彼はイジメの楽しさを、人を支配する快感を知ってしまった」

「その才能は、他の三人とは比べ物にならなかった」

「イジメのリーダーはすぐに昌也になった。彼は常に冷静だった。僕を晒《さら》すことはなかったし、少しでも危険のある状況は避《さ》けた。メールも残さなかった。そんなことできると思う？　できるんだよ、昌也は。天才で、しかも、三人の優秀な手下がいたんだから」

「唯一勘《ゆいいっかん》づいたのは、昌也の彼女である石川琴海《いしかわことみ》さんくらいだよ。それでも、十月がやっとの段階。しかも詳細は分からなかった。それほどまでに完璧だった」

「潔癖《けっぺき》に、徹底的《てっていてき》に、すべて支配していた」

「七月、先生に相談にしようとした。三回昌也に気づかれ吐《は》くほど殴られ、四回目で成功した。でもね、戸口《とぐち》先生はなかったことにした。『お前の気のせいだろ』と笑うばかりで、真剣に聞こうとしなかった。昌也の母に怯《おび》えて無視した。それに、証拠《しょうこ》もなかったからね。ＩＣレコーダーは二回壊《こわ》された」

そういう反抗的態度から、昌也はアナタをイジメるのに危機を感じなかったの？

「彼は普通じゃないんです。どうやら、レコーダーを見つけるたびに、『より一層心理的に圧迫でき、新しいターゲットを見つけるより効率的』と考えていたようです」

「僕の家庭環境は知っていますか？　親さえ頼《たよ》りにならない。『親に転校させてくれ』と頼《たの》んだこともある。でも無視された。もちろん、昌也はそれを理解していた。僕の両親の無関心も」

「そして、僕に友達のいないことだって、昌也は知っていた」

「おぞましいイジメのシステムだよ」

「イジメの証拠はゼロ。担任の先生は誰がどう見ても無気力。相手は頭脳天才でクラスの人気者、そして親はPTAの副会長でモンスターペアレント。素直に昌也《まさや》を褒《ほ》めるしかなかった」

「すべてが僕の敵だった」

実際、加藤《かとう》くんも琴海《ことみ》ちゃんも『昌也がイジメの加害者はありえない』としていたわ。

「だろうね。だから、絶望するしかなかった。どんな計画を立てても、結局はクラスメイトの支持と、保護者からの信頼《しんらい》と、イジメの証拠《しょうこ》がない時点で勝ち目がない。両親も担任も協力してくれない。友達もいない。結局、僕の妄言《ぼうげん》で終わってしまう」

「何をやっても、僕は孤立するしかなかった」

「知っています? 人間力テストの順位の低いやつなんてね、信用がないんですよ。学力テストとは違い、人望がない証《あかし》ですから」

「だから、僕はセミの抜け殻《がら》を飲み込み、彼らの靴を舐《な》め、親の時計を盗み、熱湯と氷水を浴びた」

「誰《だれ》も助けてくれなかった」

「誰に助けを求めていいのかも分からなかった」

菅原《すがわら》くんはそこまで語り終えると、一回ココアを飲み、小さな溜息《ためいき》をついて何も言わなくなった。その身体《からだ》はなぜださっきよりも小さく見えた。彼の語り口は、どこか人を悲しくさせる何かがあった。

彼の語った話はおそらく事実なのだろう。というより、元々菅原拓《たく》一人で四人を支配することが荒唐無稽《こうとうむけい》なのだ。わたしの弟は一人のクラスメイトを徹底的《てっていてき》に嬲《なぶ》っていた。不気味《ぶきみ》に計算を尽くして。わたしは今年の夏に会った昌也の顔を思い浮かべ、そして唇《くちびる》を軽く噛《か》んだ。

十二月の寒い風が吹いたが、菅原くんが風よけになってくれるような位置だった。それでもわたしの足元はさらに冷え、長スカートではなくズボンを穿《は》いてくれば良かったと後悔した。

菅原くんはなぜ、この場所を選んだのだろう？

「まぁ、物的証拠はゼロなんですけどね。二個目のレコーダーのレシートならありますけど、逆に怪しいだけなので見せません」自虐的《じぎゃくてき》に菅原くんは呟《つぶや》いた。

「少なくとも、キミ一人で四人をイジメるよりは現実的だと思うわ」

「どうも」

「でも、やはり昌也が突然キミをイジメた理由、ここまでのめり込んだ理由が分からない。もちろん、あなたに聞くのは残酷《ざんこく》だけれど」

「標的が僕だった理由は明確ですよ。僕は基本ヒトリボッチだから、イジメが漏洩《ろうえい》しにくいんです。実際、誰も気づきませんでしたしね」

菅原くんは一回ジャケットの胸元を触《さわ》り身体を動かしたあと、そう呟いた。

わたしはそれでも尋ねてみたかった。

「でも、あなたは想像くらいできるんじゃない？　ある意味では、誰《だれ》よりも昌也《まさや》の近くにいた菅原《すがわら》くんなら」

誰よりもは、言い過ぎかと思ったが、別に訂正はしなかった。昌也の親友なのだ。誰とも違う視点で昌也を見ていたことは間違いないだろう。

菅原くんは迷うように缶のふちを指で擦《こす》り、それから口にした。

「友達の重さ……」

掠《かす》れるような声でそう言った。

「石川《いしかわ》さんはそんな単語を言いませんでしたか？　あの教室では、人間力テストでは、他人に過剰《かじょう》なほど気を遣う、と。順位が低いイコール『お前とは友達でも仲間でもありたくない』と言われることだと」

「ええ、彼女はそれに苦しんでいたのよね？」

「……別に苦しんでいたのは石川さんだけではないですよ」

「え？」

「言いましたよね？　昌也は友人三人にイジメをけしかけられ、断れなかった。昌也は従わざるを得なかった。彼ほどの天才でさえ、友達の重さに逆らえなかった」

菅原くんは、というか、と呟《つぶや》いて続ける。

「あのクラス全員が人間関係の重圧に苦しんでいたんです。もちろん、中学生ですから、人間力テストなんてなくても、息苦しさはあるでしょう。が、人間力テストはその息苦しさを何倍も高めていた。他人の性格の点数化。成績が悪ければ、自分という存在そのものを否定される。空気を読むことを強要し、同調することを絶対とし、和を乱さないことを命題としていた。全員、KY地獄《じごく》、友好関係サバイバル、ハリネズミ的濃密化の中で生きていた」

菅原拓《たく》は語り続ける。

「だからこそ、二宮俊介《にのみやしゅんすけ》、渡部浩二《わたべこうじ》、木室隆義《こむろたかよし》、そして岸谷《きしたに》昌也は誰にもバレない息抜き、娯楽《ごらく》を求め、石川琴海《ことみ》は彼氏とその友人に隠《かく》し事を作られたことに苦しみ喘《あえ》ぎ、彼女とその取り巻きは僕をイジメ、加藤幸太《かとうこうた》は岸谷昌也にイヤガラセを始め、」

「岸谷昌也は自殺した」とわたしが言った。

「菅原拓は革命を起こした」と菅原くんは言った。

一旦《いったん》、間が空いた。

隣《となり》に座った中学生はココアを飲み干した。

「ごめんなさい。時系列がバラバラで、まるで幸太くんが悪人みたいですね。違います。彼もあくまで一因です。昌也が自殺した原因はきっと様々で、いろんな人がいろんな理由で彼を殺した。もちろん、その一つには僕がいます」

そこで彼は静かに笑った。

「話を続けましょうか」

「夏休みに入っても僕は度々《たびたび》金を毟《むし》り取られ、加虐《かぎゃく》を受け続けていた。十月に入っても変わらなかった。何も変わらない。二学期になり、下校時間も早まって、イジメの時間がむしろ延びた」

「最悪な日々だった」

「抜け出す方法のない地獄《じごく》だった」

「そして、そんなとき、僕は、うん、そうだね」

「石川琴海《いしかわことみ》さんに恋をした」

「彼女が僕に笑いかけてくれたから」

「友達もいない。勉強もできない。運動も駄目《だめ》。人間力テスト最悪で、クズの烙印《らくいん》を押されている。そして、親友には裏切られ、僕は虐《しいた》げられ続けている。そんな僕に、彼女は優しく声をかけてくれたから」

「本当に嬉《うれ》しかった。そして、僕のことを『羨《うらや》ましい』と言ってくれた。もちろん的外れだけれど、僕はどうしようもないほど幸せだったんだ。こんな惨《みじ》めな僕のことを、そんな風に言ってくれる人なんて、こんな僕を認めてくれる人がいるなんて知らなかったから」

「その日の夜は、一人で、泣いた」

「その後も、彼女とは何度か会う機会があって、僕の知らなかったことを教えてくれた。友達の重さの話は、彼女が教えてくれた」

「そこで僕はやっと気づいた。おそらく、昌也《まさや》たちも同じなのだ、と。息苦しい教室の中で活路を見出《みいだ》すために僕への加虐をしているだけなんだ、と。石川さんも昌也たちも苦悩している。必死に喘《あえ》いでいる」

「ゴミ捨て場の前で、友達の重さに震《ふる》えながら泣く石川さんを見て、僕は胸が締《し》めつけられた」

「怒《いか》りに似たなにかを感じた」

「だから、僕は革命を起こすと決めたんだ」

「人間力テストがビリでも幸せになれるのだ、と。他人にいくら蔑《さげす》まれようとも、自分が信じたものを守れるような、空気の読めないクズになると決意した」

「僕は昌也と闘《たたか》うことを決めた。イジメをやめさせる。僕は幸せになるために、みんなで幸せになるために、昌也が作り出したイジメのサイクルを途絶えさせようと決意した」

「もちろん、馬鹿《ばか》げた考えなんだけど」

「でも、やるしかなかった」

「もちろん、彼の計算し尽くされたイジメの中では、常識的に闘っては勝ち目なんてなかった」

「さっきも言った通り、彼のイジメは完璧《かんぺき》だ。先生と親はまず味方にならない。別の先生に直《じか》談判《だんぱん》しようにも、僕は信用の面で圧倒的《あっとうてき》に昌也たちに負けている。そもそも先生と一対一で会うことも、イジメを盗聴《とうちょう》することも昌也《まさや》は警戒していたから」

「そして、仮に密告が成功したとしても、相手はあの五月蝿《うるさ》い母親だ。あと、教室のクラスメイトの全員がイジメを認識していないし、そのクラスメイトの人気も彼らのものだ。僕ひとりの妄言《ぼうげん》として、すべて消えてしまう。ネットや教育委員会に訴えて騒《さわ》ぎを起こしても、結局学校のひとりもイジメを認識していないのだから話にならない」

「それでも、立ち向かわないと駄目《だめ》だから」

「革命を起こさないといけないから」

「思いついた方法は一つだけだった」

「彼の計算をすべて利用することだった」

「僕は真逆の行動を取ることにした。ネットにまずイジメの書き込みをした。『久世川《くぜがわ》第二中学で、一人のクラスメイトが四人をイジメている』とね。事細かにね」

「ネットには犯罪者を虐《いじ》めて楽しむ暇人《ひまじん》が多いんだ。自殺者が出ていないと大して騒がないけどね。それでも、すぐに何人かは学校へ電話をかけたようだ『イジメが起きている。放置するのが学校ですか？』とか『こんな学校に通わせたくない』とか」

「もちろん、懐疑的《かいぎてき》に『四人が一人をイジメている』『ネットを利用して、さらにイジメる気だ』と訴えた人もいたらしい。が、関係なかった。噂《うわさ》が校内に広まったとき、僕は水筒で昌也を思いっ切り殴《なぐ》ったんだから」

「僕がキレることくらいは、昌也も想定内だったと思う。あれだけのイジメがあれば、いつか僕が激怒《げきど》することも。その場合、自己主張の激しい親が学校に押しかけ、事なかれの先生を問い詰め、イジメの目撃者《もくげきしゃ》がいないことを主張して、一人の精神病を患《わずら》った生徒の暴行ということに終わらせる。それで終わりだ」

「その計画はうまくいった。不自然なくらいすんなりと。僕は不遜《ふそん》な態度を取り、大人からの印象は最悪。学校では架空のイジメに対するクレームの電話が舞《ま》い込んでくる。どんどん進み、僕には悪魔《あくま》の烙印《らくいん》が押された」

「そして、昌也の母親の希望により、僕は重い罰《ばつ》を受けることになった。当初の彼らの想定よりも十倍、僕を貶《おとし》めることに成功した」

罰の内容は母が提案したの？

「『僕を校内で土下座《どげざ》でもさせますか？』とか笑いながら言ったのは僕です。さらに『イジメは画期的な発明だ』だの、まぁこれは昌也の受け売りなんだけど、そんな感じで挑発したら簡単に了承した。昌也たちも、僕をさらに虐《しいた》げようと考えていたから、うまく誘導《ゆうどう》した。隆義《たかよし》くんなんて泣く演技までした。昌也の母をかるーく貶《おと》したら、簡単に挑発にのってくれた。その結果、土下座回りは生まれたんです」

「少しの混乱はあったでしょうが、昌也たちもここまでは何一つ不満はなかったでしょう。一部違うが、予定通り。暴行事件は、菅原拓の同情の余地のない加害者が決定し、自身のイジメの事実は露呈《ろてい》しない。そして、菅原拓《すがわらたく》には重い罰《ばつ》が下される」

「ただ、うまくいきすぎた」

「僕が自分から悪役になるなんて彼らには予想外だったから、話を大きくしすぎてしまった」

「ネットの書き込みを把握《はあく》しておらず、すんなりと『あれも自分が書いた』と認めてしまった」

「『菅原拓は精神病者』という結論が、ネットの書き込みと僕の証言のせいで『菅原拓はイジメの加害者』に変わってしまった」

「そして、これは僕の計画通りだった」

「たぶん、昌也《まさや》だけは途中で気がついた。でも、もう引き返せなかった。相談する暇《ひま》さえなく、他の三人が親と先生の前でイジメを認めてしまったんだから」

「そこで、やっと僕が反撃《はんげき》する番になった」

「徐々に、徐々にだけれど、昌也たちを追い込み続けた」

「中学生にとってね、『イジメられている』というのはマイナスなことなんだ。ほら、自身がイジメられていると中々言い出せない子もいるでしょ？　あれはイジメっ子の復讐《ふくしゅう》が恐《こわ》いからだけじゃない。なによりも『イジメられて先生や親に頼る自分』を認めるのが惨《みじ》めだからだ。情けないからだ」

「けど、僕はそういう話を学校中にバラまいた。土下座《どげざ》をしながらね」

「『一対四で、クラスメイトの地味なやつに支配されていました。恐くて、震《ふる》えていました』

『日頃《ひごろ》は部活で活躍《かつやく》して偉そうですけど、本当はただの情けないイジメられっ子でした』とね」

「くだらない見栄？　かもしれない。けれど、中学生なんてそんなもんさ。カッコつけ。たとえ、周りが何を言おうと、男子にとって自身がイジメられている事実は恥《はじ》以外の何物でもない。ましてや、自分たちがイジメていた相手にね」

「先生や親に頼るしかできない昌也たちの状況を僕は土下座回りで宣伝してやった」

「自《みず》らが尊敬していた先輩や友人が実は裏でイジメられていたんだ。さぞショックだっただろう」

「けれど、昌也たちは今更《いまさら》『自分たちがイジメていました』なんて言い出すことが出来るわけもない。そんなことになれば、学校中を巻き込んだ騒動《そうどう》が自分の責任になる。自分の罪も露呈《ろてい》する。僕に酷《ひど》すぎる罰を与えているんだから。自分たちに降りかかる罰も想像がつかない」

「しかも、彼らが悩んでいる間、僕は彼らの家を何度も訪ね、謝罪するフリして挑発を続けていた。両親を激怒させて、問題をもっと大きくさせていた。彼らが絶対に引き返せないように」

「頭がおかしくなるかと思ったよ」

「でも、僕は土下座を続けた。狂いそうだったけど耐え続けた。相手の親にぶん殴られても、同級生に蹴られても、絶対に退《ひ》かなかった」

「学校中を敵に回して、屈辱《くつじょく》を受けながら、偽《いつわ》りの事実を広め続けた」

全員がアナタの言うことを信じたの？　疑った人がいてもおかしくないけれど。

「いたでしょうね。でも、どっちでもいいんです。だって、疑った人間の目には昌也《まさや》たちが『酷《ひど》いイジメを行った末に、その被害者を加害者にしたてあげた最低人間』と映ったはずですから。土下座《どげざ》回りにはそれほどのインパクトがあった。まぁ、疑う人は一部だったんでしょうけど」

どうして？　不遜《ふそん》な態度をとるアナタと泣きじゃくる四人を見なかった大人以外の生徒なら、普通は疑うと思うけれど。

「明確な証拠《しょうこ》があったからですよ」

証拠？

「痣《あざ》。昌也の顔には痛々しい痣があった。だから、信じる人も多かった。そのために水筒で叩《たた》いたんだけどね。誰《だれ》が見ても、彼が被害者に見えるように」

「だから、僕はクラスメイト四人を支配した冷酷《れいこく》なクズとなり、彼らは一人に支配された情けない男子となった」

「友達の重さ」

「人間力テストが作った、他者評価の重要化。クラスメイトの格付けする視線」

「彼らには嫌《いや》だったでしょうね。親から、クラスメイトから、恋人から、一気に同情される。『辛《つら》かったんだね。気づいてやれなくて、ごめんね』と憐憫《れんびん》される。元々は人気者たちですから、プライドは酷《ひど》く傷ついたでしょう。けれど、僕が残酷すぎる罰《ばつ》を受けている以上、『自分がイジメていた』とは言い出せない」

「先輩や後輩には、醜《みにく》くカリスマ性の感じられない男子に四対一でイジメられた人と見られる。怯《おび》えてセミの抜け殻《がら》を食べるようなやつとして。親には泣きながら謝られる。友達には、気を遣われ、腫《は》れ物のように扱われる」

「人間力テストが下がることは間違いない。同情票は増えるかもしれない。でも、イジメられた奴に、リーダーシップもカリスマもありやしない。哀《かな》しい話だけど、それは残酷な僕らのルールだ。今まであった尊敬の視線が崩れる。順位は下がる。自分という人間の価値が下がる」

「本当の支配者は自分たちなのに、学校はなぜか菅原拓《すがわらたく》が支配者として認知されている」

「そんな風に追い込んでいった」

「傷害事件の二日後あたり、一度昌也が和解を求めてきたけれど、そこで許す気は毛頭なかった。彼らを憎《にく》む気持ちもやはりあったし、簡単に許せば元通りになる恐れもある」

「その間、昌也たちからのイジメはほとんどなかった。都合が良いことに、見当違いの正義が、僕を彼から隔離《かくり》してくれる方向にいたからね。昌也たちも、イジメられているはずの自分たちから積極的に話しかけるわけにはいかない。一部からは疑いをもたれているんだしね」

　このとき、昌也は先生に何かを相談しにいったそうよ。

「知っています。内容は知りませんが、どうせ戸口《とぐち》先生は無気力のクソ野郎ですしね。僕自身も『丸く収めないと、岸谷《きしたに》くんの母は恐《こわ》いですよ』と適当に脅《おど》しましたから、昌也も相手にされなかったんでしょう。このまま僕が悪者で終わるのが、戸口《とぐち》先生にとって一番の理想なんですから」

「しかも昌也《まさや》らの親は、僕がほぼ毎日訪れて挑発して、激怒《げきど》させてやったから、家でも安息の場はない。絶対に味方になってくれるはずの親にも『本当は自《みずか》らがイジメていました』と言い出せるわけがない」

「すべては逆転したんです」

「無気力教師は自分の言葉を聞かず、クラスの人気者という立ち位置はクラスからの同情を急激に集め、モンペの親は自分を幼子のように扱い、証拠《しょうこ》のないイジメは自分の尊厳を立証してくれることはなかった」

「ただ」

「やり過ぎたんだと思う」

「僕がクズだから、教室の空気を無視するKYだから」

「昌也の気持ちに気づけなかった」

「加減を知らなかった。ほかの人間の動きが読めなかった」

「だから、昌也は自殺した」

「信じてもらえるかは分からないけれど、僕はどこかのタイミングで彼らを許そうと思っていた。土下座《どげざ》とかはなしにして、昌也たちと普通に遊べるような、一緒《いっしょ》に集まってゲーム大会をするような関係になれたらいい。帰り道、ファストフード店で好きな子の話でもできるようになれたらいい」

「きっと馬鹿馬鹿《ばかばか》しいと思うだろう」

「でもね、本気だった」

「というより、それが昌也にできる妥協点のはずだった。このまま、僕の土下座が終わっても、一度ついたイメージは消えない。菅原拓という地味な男子に怯《おび》えて泣いていた事実は消えない。かといって、公然の場で僕をイジメることはできない。そうすれば、きっと誰もが僕の証言が嘘《うそ》だと気がつく。元々、怪しいんだから」

「唯一《ゆいいつ》できるのは、公然の場で僕と仲良く遊んで、イメージを上書きすることだけだ。すべてを過去の物として、仲良くすることだけだ」

「少なくとも、僕はそう考えていた」

「だから、二度と僕へのイジメを行わないように昌也たちを痛めつけたあとで、僕は提案するつもりだった」

「『クラスの真ん中で、僕をからかえ。僕もクラスの真ん中でキミをからかう。そして、みんなで笑い合おう。そうすれば、みんな忘れる。仲直りしたんだと思ってくれる』そんな風にね」

「昌也《まさや》は元々人気があった。僕は今やクラスメイトに畏怖《いふ》される対象となった」

「そんな僕らが協力すれば、きっとできるはずだった」

「クラスの人気者と嫌《きら》われ者が、共に笑い合うようなそんな教室が」

「浅はかな夢想かもしれないけど、それが革命の理想形だった」

「そうでなくても、僕がイジメられなければ、それでもいいと思った」

「幸せになりたかった」

「イジメられたくなんか無かった」

「昌也と今まで通り、一緒《いっしょ》に帰りたかった」

「石川《いしかわ》さんの恋人になんかなれなくても、彼女の苦痛が和《やわ》らぐなら、それで良かった」

「不具合が生じ始めたのは、傷害事件直後だと思う。けれど、少なくともそれが僕にハッキリと分かったのは傷害事件から二週間、三週間くらい経《た》った頃《ころ》だ。土下座《どげざ》回りはとっくに辞めていて、家庭訪問も終わった頃だと思う」

「その頃、僕はクラスでイジメを受けていた。男子はやや怯《おび》えていた分なかったけれど、津田《つだ》さんを中心として、彼女たちは僕への復讐《ふくしゅう》を考えていた。正直これが一番面倒《めんどう》くさかった。くだらねぇ」

琴海《ことみ》ちゃんは、罰《ばつ》、と言っていたわ。もちろん、昌也にどう褒《ほ》めてもらえるかを考えていたとも。

「結局そこも他人の視線なんですよね。自覚していた分彼女はマシだ。ほかの女子は、完全にヒーロー気取りだった。あるいは空気を読んで。そんなんで、人の所持品をゴミ箱にブチ込むなよ」

「ですが、それも一種、昌也を追い詰める要因となった。ガキくさいと言われれば、それまでですが、女子に庇《かば》われるのも男子は嫌《いや》ですからね。そして、その結果、次の事態を引き起こした。男子の中にはね、菅原拓《すがわらたく》のようなやつにイジメられ、殴《なぐ》られ、モンペの母に保護され、クラスの女子に守られる昌也を馬鹿《ばか》にする人間もいた」

その標的は昌也が中心だったの？

「まぁ、四人の中で一番人気のある分、嫉妬《しっと》もあったんでしょう。女子は昌也ばっかに構うわけですから。そのイヤガラセに一番関《かか》わっていたのは、僕には加藤幸太《かとうこうた》くんのように思えた。彼は元々、昌也に強く嫉妬していたから」

「もちろん、実際に目立った行動には移さなかった。僕の傷害事件後、すぐにノートへ墨汁《ぼくじゅう》をぶちまけたくらい。ええ、あれは彼です。後で住所教えますから問い詰めたらどうです？　僕が証拠を握っていると勘違《かんちが》いしていますから、きっと自白しますよ。それ以外に目立った行動はしませんでしたが。学校はイジメに対し過剰《かじょう》なほど敏感でしたからね」

「ただ、そういう空気は伝わる。イヤガラセも、本当に陰湿で微細でしたがあった。僕ごときにイジメられる奴《やつ》を、陰で笑って見下していた」

「だから、現在加藤《かとう》くんはいろんなマスコミに告げ口しているんですよ。『俺は何も知らない』『菅原拓《すがわらたく》は不気味《ぶきみ》だ』とね。自分が糾弾《きゅうだん》されるのを恐れて、吹聴《ふいちょう》しているんです」

「もちろん、そういった空気を作っていたのは加藤くんだけじゃなく、他にも何人かいた。丹《に》波潤《わじゅん》くんも、原田《はらだ》コノハくんも、昌也《まさや》を蔑《さげす》んでいるように思えた。羽田奈ノ江《はだなのえ》さん、国本《くにもと》ゆきさん、森井可奈《もりいかな》さんは昌也を憐《あわ》れんでいるように思えた」

「僕が浅はかだった」

「想像力が乏《とぼ》しかった」

「とにかく、僕が予想した遥《はる》かに多くの人が昌也の自尊心を切り裂《さ》いた。友達の重さが、彼を押し潰《つぶ》した。彼がだんだんおかしくなっていくのを、僕は気づいていた。でも、手遅れだった」

「僕は彼と隔離《かくり》されて、何も手出しできなかった」

「彼の心は修復できないまでに傷ついていたのに」

「クラスの人気者で、学力優秀で、そして誰《だれ》にも気づかれずに完璧《かんぺき》に僕をイジメて優越に浸っていた。なのに、周囲からは同情されて、クラスの女子からは庇護《ひご》対象にされて、男子からは馬鹿《ばか》にされて、イジメていたはずの僕はヘラヘラとしていて、先生には見放された。人間力テストの順位が下がることも明白だった」

「母親には過剰《かじょう》な心配を受けた。何度も何度も幼稚園児のように学校の様子を聞かれ、中学生相応の自立心を傷つけた。毎日親が『イジメがないか監視しにきた』と学校に来るなんて、天才の彼を辱《はずかし》めることだった。癒《いや》してくれるはずの恋人からも同情されて心配された」

「しかし、自分がイジメていた、と主張もできない。今さら言えるわけがない。けれど、それは学校と家で哀《あわ》れまれ、見下される生活を続けることだった。先輩からは『土下座《どげざ》しているの見たけど、アイツ、大したことねぇぞ』と偉そうに嘲《のの》られる。後輩には『菅原くらい俺が殴《なぐ》ってやりますよ』と上から目線で告げられる」

「彼の大きすぎるプライドはすべて許せなかった。けれど相談できる相手はどこにもいなかった」

「僕の予測では、きっと衝動的《しょうどうてき》だったと思う」

「追い詰められた昌也は、過剰な心配をし、保護してくる自分の恋人が鬱陶《うっとう》しくなり、衝動的に突き飛ばしてしまった。運悪く、それがたまたま階段だっただけで彼女を傷つける意図はなかったと思う。けれど彼は耐え難《がた》い自己嫌悪《けんお》にも襲《おそ》われた。恋人の意識が戻ったときに糾弾される恐怖もあった」

「だから、最後に彼も決意してしまったんだと思う」

「僕への復讐《ふくしゅう》を」

「究極の手段を」

「それが自殺だった」

「仲間の三人には何も言わないよう口止めして彼は死んだ。そして、それは日本中の全員が僕の敵になる最悪のタイミングだった」

「『菅原拓《すがわらたく》は悪魔《あくま》です。誰《だれ》も彼の言葉を信じてはいけない』」

「遺書も完璧《かんぺき》だよね。これを残して自殺されたらさ、僕は何もできないよ」

「読んだ人間全員に恐怖を植えつける。最後の最後で、天才が残した最強の爆弾《ばくだん》だ」

「彼が作り、僕が覆《くつがえ》したイジメの環境を更に彼はより強固にして覆した」

「自分の命を犠牲《ぎせい》にして」

「後は言うまでもない。僕はイジメによって、級友を自殺させた最低人間として世間は認知したわけだ」

「いくつか想像もあったけれど、これが僕が話せる事件のすべて」

「昌也《まさや》たちは残酷《ざんこく》に、計算を尽くして僕をイジメていた。僕はそのイジメを止《や》めさせるため、そして、人間力テストを壊《こわ》すため、革命を起こした。途中までは成功したが、自尊心を傷つけて昌也を自殺にまで追い込んでしまった」

「まとめると、そういうことになる」

「僕は彼と再び笑い合えなかった」

「僕は幸せにはなれなかった」

「昌也は死んだ」

そこから、わたしたちは何も言わずにベンチに座ったまま、動くこともなかった。

わたしは昔昌也と遊んだ公園を眺めながら、菅原くんと昌也の関係を考える。

一体彼の罪を問えるのだろうか？　確かに、彼は昌也を殺す要因を作った。革命という名のもとで、昌也を苦しめ続けた。それでも、昌也たちが菅原くんに行った行動を考えれば、あまりに小さい。彼の立場から見れば、ただ自分をイジメる相手へ正当防衛をしただけに過ぎない。だって他に方法があっただろうか？　昌也が作った環境で、昌也に抗《あらが》える方法が。悪魔の計算を壊せる方法が。

あるコメンテーターが語っていた。『ネットに書き込まれた内容がね、非常にリアリティがあるんですよ』

その理由は簡単だ。菅原くんは自分が昌也たちにされたことを書き込んだのだから。

おそらく、彼は本当に鉛筆を食わされ、何度も殴《なぐ》られ、生活費を強奪《ごうだつ》され、熱湯や氷水をかけられたのだ。

実際に二宮《にのみや》、木室《こむろ》、渡部《わたべ》の三人は絶対に事件の詳細を説明しないではないか。なぜなら、自身のボロがでるから。そして自分たちの行為がバレるから。それを彼らは「友情」だと美化するけれど。

わたしを襲《おそ》ったのも、彼らの誰かなのだろう。

紗世《さよ》の電話によって、焦《あせ》りを感じた誰《だれ》かが襲《おそ》いにきた。

(昌也《まさや》が死んだのは、自業自得《じごうじとく》?)

そんな結論? まさか。

けれど、菅原《すがわら》くんの証言に嘘《うそ》は見られない。一人が四人を支配するという荒唐無稽《こうとうむけい》な話よりはずっと現実的だ。話すことに何一つの矛盾《むじゅん》もない。あまりに完璧《かんぺき》すぎる事件の語りだった。

「わたしが集めてきた……多くの情報と一致するわ」

かろうじて、そう呟《つぶや》くことができた。

菅原くんは微《かす》かに首を振った。

「どれを信じるかは香苗《かなえ》さん次第ですよ。僕がイジメの加害者である証拠《しょうこ》はないけれど、昌也が加害者である証拠もないんですから」

「石川《いしかわ》さんは二宮《にのみや》くん、渡部《わたべ》くん、木室《こむろ》くんが昌也と菅原くんをイジメている仮説を教えてくれたわ」

「アホらしい。だったら昌也の遺書に僕の名前はないはずだ。あの人の世界は盲点だらけか」

「じゃあ、菅原くんの言うことが真実なのね」

その言葉には菅原くんは無表情で受け流したあと、まったく別のことを呟いた。

「……香苗さんには昌也がどう映っていたんですか?」

突然に脈絡のない質問。

その質問の意図は分からなかったけれど、刺すような厳しい視線がわたしに向けられていた。そこには無視できないような厳しさがあった。

「とても優秀な弟だったよ」そうわたしは答える。「この事件でもさ、みんな語っていたけど、本当に頭が良かった。七歳下とは思えないくらい。もう母親なんて、昌也につきっきりで」

「……」

「モンスターペアレントになるくらい。もちろん、それは悪いことだけど、それだけ昌也が優秀だったんだ。小学生の頃《ころ》は目立たなかったけれど、中学に入った頃から発揮したね。学力テストの順位も良かったり、スポーツでも一年でレギュラー取ったりさ、本当に天才だと気づいたよ。もう大学受験を視野に入れて、母親も一生懸命《けんめい》応援してさ」

「だから、昌也の体操服を切り裂《さ》いたんですか？」

わたしの言葉を遮《さえぎ》るようにして、菅原くんはそう言った。

彼は覗《のぞ》き込むようにして、わたしを見つめる。両目が見開かれ、そこには厳しさとは別の不《ぶ》気味《きみ》さが生まれた。

呼吸がうまくできなくなっていくのを感じた。ココアを飲んで落ち着かせようとしたが、缶を取り落としていることに遅れて気がつく。

「ねぇ、言いましたよね？　昌也がイジメを開始する前、僕は彼の愚痴《ぐち》を聞いていたって。彼が何を話したかは分かります？　大半が家族についてです。帰省した姉が暴力を振るってくる。

母親からの期待が重たい。全部、そんな内容でした」

隣《となり》にいる中学生はそう言いながら立ち上がり、わたしの前を塞《ふさ》いだ。わたしは身を引くが、そこにはベンチの硬い背もたれがあるばかりで逃げ場はない。

力強い眼が、わたしを捉《とら》えている。

「イジメの原因？　決まっているでしょう。学校では友達の視線、そして家では歪《ゆが》んだ期待と嫉妬《しっと》。昌也《まさや》にはどこにも逃げ場所がなかった。だから僕をイジメた。そこしか安らぎがなかった。勝手な推測？　なら、もう一度思い出せ。昌也はお前らに相談したか？　助けを求めたか？　お前ら宛《あ》ての遺書は一文でも残したか？」

「ちが……」

「体操服を誰《だれ》にも気づかれず切り刻むなんて、教室で易々《やすやす》とできる芸当じゃねぇだろ！　断言してやる。昌也を殺したのは、お前ら家族だ。ババァ！　昌也を勝手に持ち上げて、過剰《かじょう》な期待を押しつけペット扱いか？　毎日毎日、大学受験の話？　そんなもん昌也には息苦しかっただけだぞ！」

そう言いながら、菅原《すがわら》くんは胸ポケットからスマートフォンを取り出した。光っている。通話中なのだ。電話口は母なのだろう。

菅原はさっきまでの会話を全部母に聞かせていたのだ！

おそらくココアを買いにいったときに操作して。

わたしはなにか言い訳をしようとしたが、なにも言葉にならなかった。

「母親もクソなら姉貴もクソだ。結局、お前の行動は自己満足でしかないんだろ？　昌也への行動に負い目を感じて、せめてもの罪滅《つみほろ》ぼしなんだろ？　それとも母親に気に入られようとしたか？　アンタのそういうとこ、昌也は一番嫌《きら》っていた！　何度も何度も『ウザったい』と僕に訴えていた！」

「だから、ちが……」

「嘘《うそ》をつくな！　お前が恐《こわ》がっていた『真実』はコレなんだろ？　カッコつけやがって。ただ単に自分が可愛《かわい》いだけじゃねぇか！　伝えてやる。昌也を一番追い詰めたのはお前らだ！　確かに人間力テストのプレッシャーもあった。けどな、アイツの愚痴《ぐち》のほとんどはお前ら家族のものだった！　だから、アイツは僕をイジメることを選んでしまったんだ！　その果てに自殺がある！　根本にいるのは、お前らクソ家族なんだ！」

違う。そうじゃない。

そう叫びたい気持ちと、「どうして分かったの？」という気持ちがせめぎ合っていた。琴海《ことみ》ちゃんがどうして菅原拓に興味をもったか理解できた。彼の言うことは、人に恐怖心を与えるのだ。抗《あらが》いたくなるような、認めてしまいたくなるような。

確かにこの調査の動機はその二つだった。何も出来なかったわたしの償《つぐな》い。そして、母への承認欲求。

そして怯《おび》えた真実も間違いない。昌也《まさや》を追い詰めたのが、わたしたちにあるような気がしたから――。

わたしに何一つ弁解を与えぬまま、彼は自分のスマホを口元へ近づけた。元々スピーカー機能を使っていたのだろうが、彼は叩《たた》きつけるような口調を母へとぶつける。

「で？　どうすんの？　昌也マザー。間抜けなアンタはまた簡単に挑発にのって、変な会を作っているんだろ？　おれの証言を無視して、何食わぬ顔で続けるのか？　おれは闘《たたか》うつもりだぞ、幸いアンタの娘が証言を集めてくれた。それとも恥《はじ》を晒《さら》して取り消すのか？　『菅原拓《すがわらたく》が悪者と思ったけど、イジメの加害者は昌也でした。ごめんね』って、舌ベロ出しながら言うのか？」

彼は低い声で言った。

「全部嫌《いや》なら自殺しろ。昌也はできた。安心しろよ。綱《つな》は今朝届いただろ？　結び目も作ってやった。それで息子と同じように、家の梁《はり》で首でも吊《つ》れ」

菅原がスマートフォンからイヤホンを外した。

すると母の絶叫が聞こえてきた。今まで聞いたことのないほどの断末魔《だんまつま》だった。何かを必死に訴えているようだ。でも、それはとても言語と言えるような代物《しろもの》ではなく、ただの狂乱だ。

おそらく母だって不思議に感じてはいたのだろう。どうやって菅原が昌也を殺したのか？　けれど、その要因が自分の息子に紛《まぎ》れもない非があり、自分自身さえも昌也の自殺に加担していたとは思ってもみなかったのだ。

最後に菅原拓はスマートフォンに向かって、どこか優しそうに言った。

「それが嫌なら——自分に何ができるか、その綱を見ながら考えろ」

それは先ほど見せた邪悪《じゃあく》な笑みと同じ、とても中学生がするような顔ではなかった。

昌也は確かに悪魔《あくま》だったかもしれない。けれど、この菅原拓だって——。

「全部、計画を立てていたのねっ？」わたしは必死に叫んだ。ここまで調査したせめてもの意地だった。「お母さんが、アナタを追い詰める集会の準備が進むまで、取り返しのつかない段階に進むまで、わざと真実を隠していたのねっ？　猫の死体を送って、挑発しながら！」

彼を突き飛ばして立ち上がり、わたしは腹の底から怒鳴《どな》りつける。けれど、菅原は気にした様子もなく、ただ景色でも眺めるように白けた眼でわたしを見ていた。そして、口だけを動かす。

「さっさと家に戻ったら？　じゃないと、母親が死ぬかもよ？」

次の瞬間《しゅんかん》にはわたしは走り出していた。

お母さん！

視界はいつの間にか出てきた涙でぐちゃぐちゃだったけれど、わたしは全速力で家へと駆けた。

一体、わたしはどこで間違ってしまったのだろう？

必死に振る舞《ま》っていたのに！　愛が欠落していても、がんばって、心が張り裂《さ》けそうな痛みに耐えながら、優しいお姉ちゃんとして生きてきたのに！

わたしは昌也《まさや》の体操服を破り裂いた。七歳も年下の弟に暴力を振るったことは間違いないし、嫉妬《しっと》して憎《にく》んでいた。誰《だれ》にも期待されなかったわたしは、期待されている弟で鬱憤《うっぷん》を晴らした。

わたしの『欠落お姉ちゃん』は既《すで》に綻《ほころ》んでいたのだ。

お母さん！　お母さん！　お母さん！

わたしは誰よりも大事な他人の名前を叫び続けた。

「Twitter」　「#久世川中2イジメ自殺事件」で検索

このせ「Sガチクズ、さっさと死刑にすべき」THYD「マジで胸糞悪《むなくそわる》い」ミフエ「普J通に犯罪じゃん。死刑死刑死刑」もとはな「おれも虐《いじ》められたことあるから言う。こういうクズを野放しにするのは有り得ん」野村テレビ「久世川《くぜがわ》イジメ自殺事件特集。Sのひどすぎる家庭環境もとう・も「こんな子が自分の子だと思うと、本気でゾッとした。なんでここまで追い詰めることができるんだろう？」雛まっつぅるり「絶対に許すな。絶対にだ！」冬太邦彦・笹笹市町「教育とはなにか？　悪魔《あくま》Sはなぜ生まれるのか、もう一度考えてみるべき」ははこ「S『イジメは発明です（笑）』ハイハイ、死刑死刑」元町新聞ニュース「イジメ自殺事件。果たして教育現場でなにが起こったのか？　恐るべきSの手口とは？」マタセ・☆漫画家☆「死亡者Kの追悼《ついとう》画像です」でもん・才原東中「被害者Kと試合で闘《たたか》ったことある。ありえんほど強かったのに……無念。Sは最低」ほのほの「Sを処刑にすべき！　でないと、第二第三の被害者が生まれかねん！」牛丼屋・てどこんこ「社長がここの中学の出身でした。真相の判明を願うとともに、被害者Kに追悼をささげます」綿本茂樹「教職者としても、この事件はさすがに不気《ぶき》味《み》すぎる。立場上強く言えないが、やはりSには何かしらの制裁をすべきでは？」ＱＱＱ「S、シネ史ね市ね氏ね師ね詩ね子ね士ね紙ね」藁人形ニュース「被害者Kの遺書が切なすぎると話題に」長谷部「日本の恥ｗｗ：久世川自殺事件　海外ニュースに取り上げられる」江戸元久美子（教育学者）「S事件に関して、やはり少年法の厳罰化をするべきという声が増えている」人気スレ紹介「『S死ね』と書かれる度《たび》に、ネコ画像貼《は》ってく」じゅう速報「Sの読書感想文がひどすぎる件」声優のなんとか「炎上覚悟で言うけど、Sはダメ。生きていいべきじゃない」コンビニＴＴ「S事件追悼。今なら文房具が五厘引き」キリキリまとめ「お前らS死ねって言うけど、いくつもの教育現場を経たおれから見ればS死ね」和風ピクルス上田・芸人やってます「やっぱり悪いことしたら、裁かれなアカン。じゃないと人間腐ってSみたいなやつが増える」三本長政「S死ね」くりくり「S死ね」わはは「S死ね」三村「S死ね」わたっしー「S死ね」田中中田「S死ね」ゼリーブラック「S死ね」味噌汁突撃部隊「S死ね」☆女性の本音☆ｂｏｔ「S死ね」くみこ「S死ね」しげっち「S死ね」椎名「S死ね」生来のツッコミ「S死ね」ぬにＪＫ２裏垢「S死ね」あもんぬ「S死ね」

カクメイゼンヤ

電話は繋《つな》がったままだった。

イヤホンを耳につけて、大音量に切り替え。すると耳元には昼下がりの家族ドラマみたいな愛憎劇が響《ひび》いていた。おそろしく大声でケンカしているようだったが、十分後にはようやく落ち着いた。

息子しか見なかった母は愛《いと》おしそうに娘の名前を呼んで、弟を妬《ねた》んでいた娘は自分の罪を詫《わ》びていた。

電話を切る。

実に都合よく、くだらねぇとさえ思ったが、本当に昌也《まさや》のお母さんが自殺しなくてよかった。もう昌也の家族には苦しんで欲しくない。文句が多くとも、彼だって家族を愛していたのだろうから。

「ちょっと追い込んでも、すぐ娘が駆けつけられるように、この公園にしたんだから」

僕はそう呟《つぶや》いてから、香苗《かなえ》さんが捨てた缶を拾って、公園から去ることにした。もう午後の五時だ。十二月の下旬だと、そろそろ暗くなってくる。

できる限り、早いうちに行動したい。

まだか、まだかと待ち続けていると、スマホが鳴った。昌也の母親からだった。

『わたしたちは、どうすればいいの……？　あなたは何を望むの？』

第一声はそれだった。僕は「一つのお願いだけ聞いてください」とだけ伝えた。「二度と昌也のような犠牲者《ぎせいしゃ》を出さないために」

彼女たちの今後の幸せを祈って、僕は次の目的地へと移動することにした。

「これでピースは揃《そろ》った。最後は僕の覚悟だけだ」

香苗さんはすべて計画なのかと叫んだけれど、そんなことはない。彼女の登場というラッキーがない限り、僕はたどり着けなかっただろう。僕ひとりでは何を語ろうと、誰《だれ》にも信じてもらえない。

昌也の母親の心を動かすには、やはり娘の力が必要だった。

いくら愛情を注いでいないといっても、自分の娘が昌也を虐《しいた》げていた事実は衝撃的《しょうげきてき》だっただろう。自分の強引な教育によって、昌也を苦しめていたことは。

「お願いだから幸せになってください」と僕は呟いてみる。

そしてラストに向かって進みだす。

向かう先は、久世川《くぜがわ》第二中学校。

これで本当に最後。

ゴールまで僕は歩いていくことにした。

普段はバスで通うような学校だ。歩いていけば、一時間くらいはかかるだろう。途中で自宅によって、準備もあるからさらに時間がかかる。

それでも一歩一歩、歩いていくことにした。

次この道を歩けるのはいつなのか、それとも歩ける日が来るのか、僕には想像もつかないからだ。

いつの日かの帰り道、バスの中で僕と昌也《まさや》はこんな会話をした。一年生の二月頃《ごろ》だ。

「お前の家族よりかはマシだけど、やっぱりおれの家族も歪《ゆが》んでいるんだよな……」

昌也は窓側の席に座りながら、唐突《とうとつ》にそう切り出した。彼は窓の外を見続けていて、僕に視線を合わすことはなかったけれど、その口調だけはやけに重々しかった。

バスの窓に頭を押しつけるようにして座る彼は吐《は》き捨てるように呟《つぶや》いた。

僕はその隣《となり》でカバンを膝上《ひざうえ》に置き、抱えるように持ちながら座っていた。

「歪んでいる？」

「うん、妙に捻《ね》じれている。母さんはウザったいほど勉強とか大学の話ばっかして期待してくるし、姉さんには帰省する度《たび》になんかイヤガラセ受ける。嫉妬《しっと》されてんだよ、気持ち悪い」

「昌也が天才だから？」

「そう。あと、大学でこっぴどく失恋したのも原因っぽい。おれに彼女ができたときも、なんか問い詰めてきて、すげぇ嫌《いや》だった」

「昌也の姉さんなら美人だろう？　モテそうなのにね」

「かもな」

「セックスさせろ」

「弟に言うな」

「義弟に言うな？」

「なんで姉さんと結婚しているんだよ！」

「しかし、今日は一際辛《ひときわつら》そうに語るね」

僕がそう尋ねると、昌也はすぐには返答しなかった。

一秒か二秒ほど間をおいたあとで、彼は窓ガラスを曇《くも》らせながら口にした。

「石川琴海《いしかわことみ》って覚えてる？」

意外な名前だった。そして、その名前は僕も当然、記憶《きおく》していた。

「……僕が助けようとして失敗した」

そして、昌也《まさや》と付き合っている女の子だった。

僕の答えに昌也は反発するように「失敗とか言うなや。あれは正しい行動だった」と口にする。

ありがたい御言葉。僕はお礼を言い、その名前を出した意図を尋ねた。

「なんかさ、琴海《ことみ》のやろー、まだ人間力テストとか他人に評価されるのが恐《こわ》いって言うんだよ。おれにちょい依存気味」

すると昌也はやはり窓の外を見つめたまま語りだした。

「ふぅん」と僕は気の抜けた相槌《あいづち》を返す。「よっぽどイヤガラセを受けた事がショックなんだね」

「そういうことらしい」

昌也は頷《うなず》き、そこで軽く溜息《ためいき》をついた。

「でもなぁ、最近、琴海の気持ちに共感するようになっちまったよ」

彼の声音《こわね》には、僕の同学年とは思えないほどの哀愁《あいしゅう》がこもっていた。

「みんなはおれをヒーローって言うけど、人間の態度なんて簡単に裏返るんだよなぁ。琴海を嫉妬《しっと》していた奴《やつ》らだって、琴海がおれと付き合いだしたら急に琴海に愛想よくする。その様を見ていたらおれだって震《ふる》えるよ。いつかおれの友人も全員、裏切るんじゃないかって」

「正直……ありえるかもね」

「あぁ。そうしたら人間関係が気味悪くてな。鬱陶《うっとう》しい……とは違うんだけど」

昌也は視線を自《みずか》らの手のひらに移した。もちろん、そこに僕らの陰鬱とした状況を打開する手段なんてないのだけれど。

「琴海もまだ引きずっているしな……つられちまうよ、おれが護《まも》らなきゃとは思うけれど」

「……そっか……僕も、助けてやりたいな」

それはほとんど何も考えずに声に出していたことだった。僕はカバンの紐《ひも》を指に絡《から》めて、赤味を帯びていく自分の指先を眺めながら口にする。

だが、昌也はそれだけの言動で僕の気持ちに気づいたらしい。手をスラックスのポケットにしまい、僕に視線を向ける。

「もしかして、琴海のことが好きなのか？」

さすが昌也。一発で気づくとは。

あるいは、僕の本心なんて顔に出ているのか。

「好きってほどじゃないよ」向けられた敵意から、逃げるように笑った。「なんとなく憧《あこが》れているだけ。安心しろよ。親友の女を奪《うば》うほどゲスじゃありませんよー」

昌也は頷いた。

「まぁ、無理だろうしな」

「ぶっ殺すぞ」

「助けたいって言ったよな？」僕のツッコミに一ミリも反応せずに昌也《まさや》は真摯《しんし》な口調で訊《き》いた。

「本気か？　一度失敗したよな？　恐《こわ》くないのか？」

「さっき『失敗って言うな』と口にしなかった？」

「天命に誓《ちか》って記憶《きおく》にない」

「……本心を言えば、すっげぇ恐いよ」今度は僕が昌也のボケに反応せずに答える。「二度とあんな惨《みじ》めなことはゴメンだ。僕の人生でこれ以上、余計な傷は本気でこりごりなんだよ」

「だよな……」

「でもさ……もし彼女が本気で悩んで、そして、昌也でもどうしようもなくなったなら、いの一番に僕に言え。絶対に石川《いしかわ》さんは守る」

昌也は笑った。

「お前らしいな」

「嫉妬《しっと》すんなよ。ついでに昌也も救ってやるから。キミの級友も家族も全部まとめて、ぶっ飛ばしてやる」

「ついで、かよ」

僕は、当たり前だろう、と口にした後で、僕は「その代わりさ、僕が困ったら昌也が支えてくれよ」と言ってみた。「ほら……僕だって家庭の事情もあるしね」

昌也は少しだけ表情を柔らかくして頷《うなず》いた。

「任せろ。天才児たるこの昌也様が助けてしんぜよう。逮捕されようが殺されようがな。今度、お前の背中に『拓《たく》に昌也あり』って入れ墨《ずみ》刻んでおけよ。それが良いっしょ」

「良くねぇよ……まったく。強がっちゃって。自分と同じように、少し歪《いびつ》な家庭環境だったから僕を親友に選んだんだろう？」

僕がそう告げると、彼は照れくさそうに顔を赤らめて「そうだぜ。親友。そして盟友」と言った。

そして、彼は僕に向かって拳《こぶし》を突き出した。

「家族がおかしい同士、助け合おうぜ。拓昌同盟だ」

なんだそのネーミング、と僕は思ったけれど、否定することはしなかった。

「おう」と僕は拳を彼と合わせた。

拓昌同盟のことを僕は覚えていた。

それは昌也も同じだったらしい。

彼は遺書を二つ残していた。

一つはマスコミや社会に向かって『菅原《すがわら》拓は悪魔《あくま》』と書いたやつ。

もう一つは自殺の前日、僕の下駄箱《げたばこ》へと残していた。生まれて初めてのラブレター。

ルーズリーフには、教科書の手本のような綺麗《きれい》な字で書かれていた。昌也《まさや》の字だった。内容はたった六文字だけ。

『この裏切り者』

結果から見れば、その通りなんだと思う。

僕は彼を救うことができなかった。

また一緒《いっしょ》に帰りながら、とりとめのない会話をかわす日々はもう戻ってこないのだ。そう僕は六文字で実感する。

ざまーみろ。

僕をイジメて、無様《ぶざま》に自殺した昌也。

わけの分からん目標を掲げて、もがく僕。

二人共ざまーみろ。


けれど、僕も運だけは案外、悪くない。

昌也が亡《な》くなり、僕が破滅《はめつ》しても、まだ幸せにするべき女の子が残っているから。

昌也との約束も、半分だけなら果たすことができる。

そして、これで長かった革命もようやく終わる。

思ったよりも、大きなものとなってしまった。日本中が僕を罵倒《ばとう》している。海外のニュース番組でも取り上げられた。

すべてが僕の敵だ。

ありとあらゆる人間が僕に向かって「死ね」と言う。

ツイッターで、新聞で、2ちゃんねるで、ユーチューブで、週刊誌で、テレビで、フェイスブックで、ラインで、グーグルプラスで、居間に置かれた手紙で、電車内で、ラインで、ネットラジオで、海外のニュースで、教室で、ミクシーで、街の喫茶店で、すべてがボクを謗《そし》る。

「でも、悪者のくせに、僕は善人みたいなこと祈るんだ」

だって、僕は正真正銘《しょうしんしょうめい》のクズだから。

彼女がもう一度笑ってくれるなら、僕はどれだけ地獄《じごく》に落ちてもいい。

「本当の最大幸福を叶《かな》えてやるよ」

久世川《くぜがわ》第二中学校は毎日通っているが、駐車場にきたのは初めてかもしれない。通ったことはあるけれど、「駐車場」という場所を意識して来ることは普通ないからね。

下校時間はとっくに過ぎているので、生徒は誰《だれ》もいない。校舎の裏にある運動場の四分の一程度の空間は、昼間の半分程度の車しか止まっていなかった。中央に明かりが切れかかった電灯が光るだけなので、僕が隠《かく》れるところはたくさんあった。

冬のコンクリートは氷のように冷たくて、座るとお尻《しり》が痛くなった。そして、暗がりに身を潜《ひそ》めて、目的の人物が来るのを待つ。身を抱えて、昌也《まさや》、そして石川《いしかわ》さんのことを思い出しながら、革命の終わりを願う。

数人の先生が疲れた顔をしながら、車に乗って帰っていった。僕に気づく様子はなかった。そして彼らが去っていく方に向かって、僕はこっそりと頭を下げた。大した意味はなかった。

時間が経《た》つにつれて、心臓の鼓動《こどう》が強まっていくのを感じた。

焦《あせ》ってはいけない。

僕に必要なのは覚悟だけだ。

そうして待っていると、戸口《とぐち》先生が駐車場にやってくるのが見えた。けれど、彼はターゲットでない。元々興味ないのだ。彼の罪はきっと誰《だれ》かが裁くだろう。ネットでは担任を批判する声も多い。だから、僕がこれ以上文句を言うのも可哀相《かわいそう》だ。

だから、彼の車を僕は何もせずに見送った。

ばいばい、どうかお健《すこ》やかに。

気づけばさらに何人かの先生は帰っていき、残る車は二台となった。もう八時だ。公務員なのに教師という職業は大変なものである。一つは事務員のものだろう。もう一台は知っている。

「まさか、最後だとは思いませんでした」

そして、やってきた藤本《ふじもと》校長先生と僕は向き合った。

彼はわずかに目を見開いただけで、それほど驚《おどろ》いた様子はなかった。

「菅原《すがわら》くんか。どうしたんだい？」

当然、初対面ではない。昌也を水筒で殴《なぐ》ったとき、昌也が自殺したとき、そこで二回会っている。直接会話をしたことはあまりないけれど、お互いの顔は知っていた。

そこで僕は持っていたサバイバルナイフを取り出して、先端を校長の胸元に向けた。

五メートルの距離《きょり》を挟んで、僕らは対峙《たいじ》する。

「私を殺すのかね？」藤本校長は動じなかった。「どうして？」

「人間力テストを終わらせるためだ。あんなもの要らない」僕は即答していた。「あの悪夢に、僕らは苦しんできた。どうせ、マスコミでも騒《さわ》がれているんだ。新教育システムの弊害《へいがい》とか。アナタが亡《な》くなれば、きっとテストも消える」

「それなら弁論に訴えなさい。暴力ではなく」

「アンタの態度を見れば、弁論なんてする気がないのは中学生でも分かる。そして、弁論なら、お前が死んだあと岸谷《きしたに》母がやってくれるさ」

その言葉には少しだけ校長も意外だったようだ。「ほぅ」と息をもらす。

「岸谷明音《あかね》を説得したのかい？　キミが？」

「あぁ。猫の死体送ってさんざん煽《あお》ったり、怒鳴《どな》ったりして、徹底的《てっていてき》に心を折ったよ。車に轢《ひ》かれたばかりの猫をビニール袋に詰める苦労を教えてやりたいね」

「そうか、あの人間を………少々、面倒《めんどう》だな」

「死ねば楽になるさ」

僕はナイフを両手で握り締《し》める。これで校長の胸を突けば、確実に殺せるだろう。運動神経が悪くたって、凶器さえあれば老けたおっさんにくらい勝てるはずだ。

必要なのは覚悟だけなんだ。

震《ふる》えている場合じゃないんだ。

自分を鼓舞《こぶ》させるために僕は言葉を重ねていく。

「僕はただ幸せになりたかった。学校のスターになれなくても、教室のアイドルと付き合えなくても、みんなが笑い合う教室の片隅《かたすみ》にいられれば良かった。そのために革命を起こした。昌也のイジメを止《や》めさせ、人間力テストを、友人関係の地獄《じごく》を壊《こわ》したかった」

ナイフが揺れる。

「ただ、それだけでよかったのに」

「けれど、岸谷昌也《きしたにまさや》は自殺した」校長は低い声で言った。

僕は叩《たた》きつけるように叫んだ。

「そうだっ！　革命は失敗した！　だから、これが最終手段だ。強硬手段だ。僕はアナタを殺す。それで人間力テストを終わらせるっ！」

「終わらないさ。第一、なんの意味がある？　私を殺せば、キミは二年一組の教室には戻れない。キミの望む教室には二度と辿《たど》り着けないのに」

「違うんだ。これはもう僕のためじゃないんだよ」僕は自嘲《じちょう》するように口にする。「人間力テストに怯《おび》える——ただの『知り合い』のためなんだ」

だから、コイツを殺すのだ。

僕は全身の筋肉に力を込める。校長の心臓へとナイフの狙《ねら》いを定めた。そして、地面を蹴《け》り飛ばして、全体重を乗せて体当たりをした。

けれど、その前に校長が動いていた。

一歩だけ後ろへと下がる。

それだけであったが、まるで超能力のように僕は横へと吹っ飛んでいた。誰《だれ》かが僕へと飛びついてきた。そして、その人物は長い腕を使って、僕の身体《からだ》に巻きついて名前の知らない関節技を極《き》めてきた。右腕に尋常でない痛みを感じた。

痛みに堪《た》え兼ねて、僕は思わずナイフを取り落とした。すると、相手はさらに体勢を組み替え、僕を地面へとねじ伏せてくる。冬の冷たいコンクリートに僕は顔をつけた。

「いいかげんにしろ、たっきゅん！」彼女は僕の耳元で叫ぶ。今にも泣きそうな声だった。

「物事の限度を考えろ！」

それは紗世《さよ》さんだった。どうして彼女がここにいるかは分からない。けれど、彼女によって僕は動けずにいた。

「アンタも裏切るのかっ!」僕は思わず怒鳴《どな》っていた。「なんでだよ! なんで、誰《だれ》一人として、僕の味方になってくれないんだっ!」

「うるさい! 最初の最初から、私はお前の味方だよ!」彼女も対抗するように声を張り上げた。

僕はそこから力一杯に身体《からだ》を捻《ひね》ったが、紗世《さよ》さんから逃れられなかった。力でも技でも僕が彼女に勝てる要因はどこにもなかった。

唯一《ゆいいつ》の凶器であったナイフが校長に拾われるのが見える。彼はまるで汚いものかのように指先だけで持って、僕を見下した。その視線から僕は逃れようもなかった。

「キミのことは教えてもらった。だから時間が遅くなったんだ。それに、キミが駐車場に隠《かく》れるのは見えていた。だから警戒もした。菅原《すがわら》くん、キミはすべてにおいて浅はかだ」

首を強引に動かして、紗世さんの方を見る。彼女は申し訳なさそうに「ごめんね」とだけ呟《つぶや》いた。香苗《かなえ》さんからすべてを聞いたのだろう。そして、紗世さんはもしかしたら、僕が校長を襲《おそ》うことに気づいたのかもしれない。

『革命は終わらない』というメッセージから嫌《いや》な予感がしていたのかもしれない。

だとしたら、僕は本当に浅はかだった。

「ねぇ、菅原くん。キミは何を望んでいたんだい?」

校長は地面に片膝《かたひざ》をつけ、這《は》い蹲《くつば》る僕をなだめるように語る。

「別に人間力テストだって、無意味な悪趣味《あくしゅみ》ではないんだよ。学力テストだけでは闘《たたか》っていけない現代社会の背景が」

「知っているよ」僕は答える。「けど、お前はどう思うんだよ？　そんな社会を。推進したいのか？　学歴社会の崩壊《ほうかい》に万歳《ばんざい》か？　なんでも『社会のせいだ』で思考停止じゃやねぇか！」

「なるほど、理解した上でか」

「その人間力テストで最下位の気持ちは考えたことあんのか？　それでイジメられたやつのフォローはあるのか？　なんもねぇじゃねぇか！　昌也《まさや》の嘆きも、石川《いしかわ》さんの涙も知らないで！　空疎《くうそ》な理論を語って、俺様賢いアピールしてんじゃねぇよ！　だから、こんなテスト壊《こわ》さなくちゃなんないんだ！　僕が終わらせてみせるんだ！」

地面に横たわりながら、みっともなく僕は喚《わめ》いた。ほかに叫ぶことしかできなかったからかもしれない。あるいは、ただ単に悔しかっただけかもしれない。

失敗した。

結局、僕は何一つ成し遂《と》げることができなかった。

僕が抵抗しなくなったためか、紗世さんの締《し》めが弱くなる。けれど、僕は抜け出す気はもう起きなかった。ただ情けなく、ただ惨《みじ》めに寝転んだままだった。

藤本《ふじもと》校長は紗世さんにどくよう指示して、僕に語りかける。

「別に私だって考えなかったわけじゃない。人間力テストの順位が低かった人には、個人的に連絡を取り、話を聞いていた。人間力テストも不完全だからな。生徒の声も必要だ。教え子が苦しんでいく声から逃げるわけにはいかなかった」

そして、校長先生は僕の頰《ほお》に触《ふ》れ、顔についた砂を払った。

僕は呆然《ぼうぜん》とその姿を見ることしかなかった。

「お前が、ソーさん、だったのか？」

「そうだ。キミには特に期待していたよ。生徒間に広がるコミュニケーションの濃密化にはもちろん、気づいていた。しかし、キミは最底辺にいながらも強く生きていたからね。キミが決断するとき、人格など人間の一要素でしかないと証明されると強く願っていた」

校長はそこで吐《は》き捨てるように言う。

「だが、キミはどこまでも浅はかだ。この世界は単純な悪と善では成り立っていない。善と信じた者が、見方を変えれば悪など当たり前のように起きる。逆も然《しか》り。それは菅原拓《すがわらたく》こそが誰《だれ》よりも味わったはずだ。無知な群衆にさぞ優越感を味わっていただろう？　昌也《まさや》を善と信じて、キミの自殺を願うクラスメイトを蔑《さげす》んでいただろう？」

そして、その見透《みす》かすような物言いは紛《まぎ》れもなく『ソーさん』であった。校長から発せられる言葉は、ネットでの会話以上に重々しく響《ひび》いてきた。

「それなのに、なぜ私を殺すべき人間力テストの狂信者と決めつけ、対話もせずにナイフを振るう？　その存在が、友達の一切いないキミを見守っていた『ソーさん』であるにも拘《かか》わらず。あまりに滑稽《こっけい》、浅慮《せんりょ》、馬鹿《ばか》げている。自《みずか》らが賢者とでも思い上がったか！　自らも愚《おろ》かな大衆の一人にすぎないとなぜ気がつかない？」

「うるさい……」

僕はただ呻《うめ》くように言うしかなかった。校長の語りが残酷《ざんこく》なまでに正しくて。

「そうやって、お前はどこまでも正論を言って、他人を裁くんだ。戸口《とぐち》先生のユーチューブのアカウントをマスコミに晒《さら》しただろ……」

「そこまで調査して分からなかったのか。人間力テストを壊《こわ》してどうなる？　それで人間関係が楽になるとでも？　無理だ。現代社会において人々は評価軸を他人に依拠せざるをえない。少し学習すれば、すぐ理解できる内容だ」

最後に校長は言った。

「ただ、キミは情けない。困ったら周りに相談しなさい。それだけのことを言わねばならないなんて。『ソーさん』に頼《たよ》ってさえいれば、こんな悲劇は起こらなかったのに」

「……」

後だしジャンケンのように都合よく言うな。

イジメに気づけなかったくせに。相談にのってくれる大人なんて周りにいなかったのに。

文句は山ほどあった。けれど、それを認めてしまいたくはなかった。それは卑怯《ひきょう》だ。今まで頼《たよ》らなかったからだ。卑怯《ひきょう》な大人を都合よく批判する卑怯な子供になりたくなかった。

そして、それだけが僕に残された最後の意地だった。

革命を失敗した僕の、
どうしようもないほど無様《ぶざま》な抵抗だった。

「しかし、」校長はもう僕に背を向け、ゆっくりと遠ざかりながら言った。「あれほど激昂《げっこう》した岸谷明音《きしたにあかね》を味方にした手腕は見事だった。私もまた少々忙しくなりそうだ。人間力テストに少しの変更を加えねばなるまい」

「……」

「残酷《ざんこく》な事実だが教育に失敗は付き物だ。悪夢と呼ぶべき破綻《はたん》も何度か経験した。だが我々は一つの失敗に折れるのではなく、その経験を糧《かて》にして進まねばならない。岸谷昌也《まさや》、そして、菅原拓《すがわらたく》、貴重なデータをありがとう。こう言ってはなんだが——ご苦労だった」

校長もそれで満足かのように、自分の車の方へ歩みを進めていく。

ご苦労だった、と冷たく吐《は》き捨てられた言葉がただ頭の中で浮かぶ。

現実は甘くない。昌也の死が何かに繋《つな》がることも、僕の頑張りが報《むく》われることも、すべて存在せずに終わっていく。

「僕は……」無意識に口にしていた。「幸せになれるのかな……」

「今のキミならば分かるだろう？」にべもなく校長は口にし、やがて僕の視界から消えていった。

僕は冷たい駐車場の真ん中で、ただ泣くのを必死に堪《こら》えていた。

†

所詮《しょせん》、すべてはこんなもんだ。

救いようもないバッドエンドだ。

†

さて、これで僕の物語は終わりだ。

浅はかで、情けなく、惨《みじ》めな革命だったろう？　素晴らしいじゃないか。予告に違《たが》わないクズっぷり。

中途半端《はんぱ》に思っただろう。

僕の成長はなし。

昌也が自殺した意義もなし。

そんなこと知らないよ。

どうでもいいじゃない。

だって革命は完全に失敗したんだから。僕は殺人未遂《みすい》まで起こしたんだから。

たった一人の親友は、僕が死なせてしまった。

初恋の相手も、僕のせいで重傷を負ってしまった。

その彼女が怯《おび》える人間力テストだって、僕は壊《こわ》せなかった。

酷《ひど》い結末だ。だから終始、嘲笑《あざわら》えって。僕に語り部《べ》を期待するな。

浅はかな僕の考えをどうか嘲笑ってくれ。親友にイジメられ、級友からは『死ね』と叫ばれ、日本中から自殺を願われる、そんな僕を徹底的《てっていてき》に蔑《さげす》め。それが僕がキミに望むことだから。教訓があるとすれば、『僕みたいになるな』としか言えないね。

あぁ、そうだ。こんな話に意味はない。ゴミみたいな物語だ。

クズの生活なんて語ることに一つも意義なんてないのだ。

僕は知っている——だったら！


「……どうして僕は今まで語ってきたのだろう？」

「誰《だれ》かに聞いて欲しかったからだろ？」紗世《さよ》さんの声が聞こえた。

セカイノオワリニ

「誰《だれ》かに聞いて欲しかったからだろ?」紗世《さよ》さんの声が聞こえた。

そう言われるまで、僕は自分が独り言をぶつぶつと呟《つぶや》いていたことに気がつかなかった。無意識のうちに語っていたらしい。恥《は》ずかしいこと、この上ない。僕は慌《あわ》てて口元を押さえる。この無様《ぶざま》な「語り」はいつからか身に付けていた癖《くせ》だった。僕のような社会不適合者が、それでも、この生きにくい世界に馴染《なじ》むための。

僕の横で紗世さんが微笑《ほほえ》んでいる。

そのすべてを悟ったような表情が気に食わなかったけれど、残念ながら反抗するほどの気力は残されていなかった。

「たっきゅん、お前はクズにはなれないよ。だって、こんなに人間が大好きなんだから」

紗世さんはそう語った。

「結局、人殺しもできないじゃないか。なんだよ、あのナイフの使い方。私が手を出さなくても、相手の身体《からだ》からは外れていたよ」

「……」

「言っただろう？　お前はもっと甘えていい。なぁ、お前の物語をもっと聞かせてくれよ」

「どうして……？」

僕はとてつもなく訊《き》きたかった。

「紗世さんは僕の味方なんですか？」

励ましてくれて、香苗《かなえ》さんと会うときも僕の望みを叶《かな》えてくれて。彼女は本当に最初から僕の味方だった。

「ずっと応援していたからさ」彼女はイタズラっぽく微笑んだ。「私の名前は藤本《ふじもと》紗世。実親に捨てられ、校長である叔父《おじ》の元で育ってきた存在だ」

家庭事情は香苗にも教えていないトップシークレットだぞ、と紗世さんは付け足す。

僕はただ、どうりで神出《しんしゆつ》鬼没《きぼつ》なわけだ、と納得するしかなかった。

あの教育熱心な校長に育てられたのなら、きっと化け物じみて優秀な人間なのだろう。しかも、叔父からも情報は引きだせる。香苗さんの調査に大きく貢献したに違いない。

そして、ソーさんの姪《めい》だった。

彼女は僕のそばで語りかける。

「だから、叔父から聞いていた。ある男子の家庭環境や思想を。誰にも認められなくても健気《けなげ》に生きる中学生を。そして、ずっと応援していたんだぜ？　まさか、それがフードコートで泣きじゃくる男の子とは思わなかったけどな」

「健気《けなげ》って、まさか」

「だから、もう自虐《じぎゃく》はやめなよ。けっこう親近感抱いていたんだ。私だってお前と一緒《いっしょ》で実親に冷遇されている身だからな。お前が堂々と生きている話を聞いて励まされるときもあった。今だって、お前の頑張りを心の底から愛《いと》しく思っているんだぜ？」

紗世《さよ》さんは歩道橋の上でのように、そして、そのときよりも遥《はる》かに優しく僕を抱きしめてから言った。

「たっきゅんが思うほど世界は、お前に絶望していない。私はお前を愛している。だから、自分をクズだなんて二度と言うな」

僕は彼女の腕の中で指一本さえ動かすことができなかった。身体《からだ》中の力が抜けて、ただ茫然《ぼうぜん》とするしかなかった。今までの人生で一度たりとも経験したことないはずなのに、なぜか懐《なつ》かしさを覚えていた。

僕の心の中で何かが崩れていくような音がした。

なにか喚《わめ》きたいのに、声がどうしても出せないような、不思議な感覚に包まれる。

脳裏には線香花火のように、子供の頃《ころ》からの記憶《きおく》が飛び散っていた。

親には存在を疎《うと》まれ、何度も蹴《け》られて毎晩毎晩、外で震《ふる》えながら寝ていた。風呂《ふろ》の入りかたも教えてくれず、服もロクに買ってもらえず、小学校では誰《だれ》もから遠ざかられた。泣き出すたびに「お前なんか産むんじゃなかった」と罵《のの》しられた。酷《ひど》いときは鏡の前に座らせて「僕はクズです」と一時間以上音読させられた。十歳になれば家事を一任され、少し間違えば殴《なぐ》られた。何度も何度も死のうと考えた。自分なんか消えてしまえばいい、と本気で思っていた。

『勝手に消えんな。お前とずっと話したがっている奴《やつ》も世の中いるんだぜ？』

けれど、そんな僕の気持ちを見透かすように、話しかけてくれる少年がいた。

「……やめてくれよ」僕は口にしていた。「僕なんかに愛を注いで、どうすんだよ……そんな慰《なぐさ》めなんか無意味なんだよ」

「本当にそうか？」

「そうだよ！」

そう僕は心の底から怒《ど》鳴《な》った。無駄《むだ》な期待を消し飛ばすように。

しかし、紗世さんに愛されていたという事実のせいで、ありえない夢想までもが頭を巡る。常に持っていた自虐の言葉を失《な》くしてしまう。

その代わりに、馬鹿《ばか》げた可能性ばかりが頭には浮かんでくる。

だって、昌也《まさや》が最後に残した遺書はあまりに残酷《ざんこく》すぎるものだった。『菅原拓《すがわらたく》は悪魔《あくま》です』だなんて、世界中の人間の正義心を駆り立てる一文。けれど、昌也は自分の非を一切認めず、理不尽《りふじん》な断罪を下す人間だったろうか？　いや、あの天才がそんな愚《おろ》かな人間なわけがない。

それに、昌也《まさや》が僕へ残したメッセージも奇妙だ。『裏切り者』——まるで僕は約束を反故《ほご》にしたけど、昌也だけは約束を真摯《しんし》に守ったみたいじゃないか。歪《ゆが》んだ家庭を持つもの同士が支え合う「拓昌同盟」を、昌也だけは破らなかったとでも言いたげな表現だ。

そして、その二つの謎《なぞ》を解決する答えは限られている。

つまり昌也は僕の家族を徹底的《てっていてき》に崩壊《ほうかい》させ、僕を両親から解放した。

そんな馬鹿《ばか》げた妄想《もうそう》が頭から離《はな》れない。ありえないのに！

「それに、僕はそんな救済を求めていない……僕の望んだのは、もっと違う結末なんだよ……」

母親にも父親にも甘えられずに生きてきた思い出は、僕の根幹を成す願望を築きあげていた。

教室で誰《だれ》とも交われずに過ごした日々は、僕の想いを純化させていた。

嘲《あざけ》ってほしい。蔑《さげす》んでほしい。僕の隣《となり》にさえいてくれれば、何をしてもいいから。

僕を見て欲しかった。

僕の言葉を聞いて欲しかった。

どんなことでもいいから、『キミ』と何度でも語り合いたかった！

「僕の望みは、ただ、それだけでよかったのに……」

口にすると、途端《とたん》に呼吸がしづらくなって、目元がだんだんと熱くなっていき、全身の筋肉が震《ふる》えていった。次の瞬間《しゅんかん》には、涙がでてきて、止めようもなくて、思わず紗世《さよ》さんの服を握り締《し》めていた。

泣くのは最後だと決めたのに。

紗世さんが僕に優しく笑いかけながら、抱きしめてくる。

僕はその紗世さんの温《ぬく》もりを感じながら、いつまでもいつまでも泣いていた。


クズはハッピーエンドに辿《たど》り着けない。けれど、この革命の終わり方は、完全なバッドエンドとは違うようだ。

だって、こんなにも温かいのだから。

あぁ、だとしたら、僕はもうクズをやめたのかもしれない。

長い革命の果てに、唯一《ゆいいつ》僕が辿り着けた答えだった。

だから僕はきっと幸せになれる。

あとがき

はじめまして、松村涼哉《まつむらりょうや》です。

この「あとがき」を書くにあたり、ふと中学時代を思い返すと、楽しい思い出や苦い経験が昨日のことのように蘇《よみがえ》ってきます。おしゃべりが上手な人間がクラスの人気者だったこと。自分のキャラを確立させている人ばかりが異性からモテたこと。それでも仲の良い友人と馬鹿《ばか》騒《さわ》ぎすれば楽しかったり、女の子から話しかけられて嬉《うれ》しかったり。とは言いつつも、こっそり人気者に憧《あこが》れていて、時には痛々しい行動をして、後に恥ずかしさに悶絶《もんぜつ》して——。

そして、はたと気づくのです。

……あとがきに似ている、と。

きっと他の作家さんはもっと上手に「あとがき」で自分語りをするのでしょう！　ユーモアたっぷりに執筆のアクシデントをあげるのでしょう！　僕が無様《ぶざま》な自己アピールにまごついていれば、その間に人気作家さんたちは茶目っ気たっぷりなキャラを作り上げ、あとがきだけでファンをごっそりと量産するに違いない。大変なことです。昔の思い出に浸っている場合じゃない！　大問題は「いま」起きている！　このあとがきをなんとかしなければ……。

ですが、幸い、自分にも中学時代から成長しているところもあります。

媚《こび》を売るのが少しだけ上手《うま》くなりました。

という訳で、謝辞です。

まず編集者のお二方。修正作業で何度も自分の暴走を止めてくださり、なんとお礼を言ったらいいか……。いつも電話のあとで、一体、自分は何を考えていたんだと反省しております。

イラストレーターの竹岡《たけおか》美穂《ほ》さん、紗世《さよ》がカッコ可愛《かわい》くてビビリます。美麗《びれい》なイラストに負けぬように執筆していきますね。

社会学の指導をしてくれた教授、大学の研究室の仲間方、貴方《あなた》たちが僕のゼミ論文をボコボコに批判してくれなければ、この作品は生まれなかったと思います。他にも小説の感想をくれた友人たち、中学、高校時代の級友、サークルの人たちにも土下座《どげざ》級の感謝を。

最後に、本書を手にした読者様。皆様に楽しんで読んでもらいたい一心で、この本を書き上げました。末永く、この主人公を九割嘲《あざけ》りつつ、それでも一割は愛していただければ、作者としてこれほど嬉しいことはありません。ご購入、ありがとうございました。

……あ、もちろん媚でなく本心ですよ。

松村涼哉

◉松村涼哉著作リスト

「ただ、それだけでよかったんです」（電撃文庫）

本書に対するご意見、ご感想をお寄せください。

電撃文庫公式ホームページ 読者アンケートフォーム
http://dengekibunko.jp/
※メニューの「読者アンケート」よりお進みください。

ファンレターあて先
〒102-8584 東京都千代田区富士見 1-8-19
アスキー・メディアワークス電撃文庫編集部
「松村涼哉先生」係
「竹岡美穂先生」係

本書は第22回電撃小説大賞で《大賞》を受賞した『ただ、それだけで良かったんです』を
加筆・修正したものです。

電撃文庫

ただ、それだけでよかったんです

松村《まつむら》涼《りょう》哉《や》

発　行　　2016年2月10日　初版発行

発行者　塚田正晃
発行所　株式会社KADOKAWA
〒102-8177　東京都千代田区富士見2-13-3
プロデュース　アスキー・メディアワークス
〒102-8584　東京都千代田区富士見1-8-19
03-5216-8399（編集）
03-3238-1854（営業）
装丁者　荻窪裕司 (META＋MANIERA)
印刷・製本　加藤製版印刷株式会社

ISBN978-4-04-865762-4　C0193　Printed in Japan

電撃文庫　http://dengekibunko.jp/
株式会社 KADOKAWA　http://www.kadokawa.co.jp/

電撃文庫創刊に際して

文庫は、我が国にとどまらず、世界の書籍の流れのなかで〝小さな巨人〟としての地位を築いてきた。古今東西の名著を、廉価で手に入りやすい形で提供してきたからこそ、人は文庫を自分の師として、また青春の想い出として、語りついできたのである。

その源を、文化的にはドイツのレクラム文庫に求めるにせよ、規模の上でイギリスのペンギンブックスに求めるにせよ、いま文庫は知識人の層の多様化に従って、ますますその意義を大きくしていると言ってよい。

文庫出版の意味するものは、激動の現代のみならず将来にわたって、大きくなることはあっても、小さくなることはないだろう。

「電撃文庫」は、そのように多様化した対象に応え、歴史に耐えうる作品を収録するのはもちろん、新しい世紀を迎えるにあたって、既成の枠をこえる新鮮で強烈なアイ・オープナーたりたい。

その特異さ故に、この存在は、かつて文庫がはじめて出版世界に登場したときと、同じ戸惑いを読書人に与えるかもしれない。

しかし、〈Changing Times,Changing Publishing〉時代は変わって、出版も変わる。時を重ねるなかで、精神の糧として、心の一隅を占めるものとして、次なる文化の担い手の若者たちに確かな評価を得られると信じて、ここに「電撃文庫」を出版する。

1993年6月10日
角川歴彦

電撃文庫

デュラララ!!

成田良悟
イラスト／ヤスダスズヒト

池袋にはキレた奴らが集う。非日常に憧れる高校生、チンピラ、電波娘、情報屋、闇医者、そして〝首なしライダー《デュラハン》〟。彼らは歪んでいるけれど――恋だってするのだ。

な-9-7　0917

デュラララ!!×2

成田良悟
イラスト／ヤスダスズヒト

自分から人を愛することが不器用な人間が集う街、池袋。その街が、連続通り魔事件の発生により徐々に壊れ始めていく。そして、首なしライダー《デュラハン》との関係は――!?

な-9-12　1068

デュラララ!!×3

成田良悟
イラスト／ヤスダスズヒト

池袋に黄色いバンダナを巻いた黄巾賊が溢れ、切り裂き事件の後始末に乗り出した。来良学園の仲良し三人組が様々なことを思う中、首なしライダー《デュラハン》は――。

な-9-18　1301

デュラララ!!×4

成田良悟
イラスト／ヤスダスズヒト

池袋の街に新たな火種がやってくる。奇妙な双子に有名アイドル、果ては殺し屋に殺人鬼。テレビや雑誌が映し出す池袋の休日に、首なしライダー《デュラハン》はどう踊るのか――。

な-9-26　1561

デュラララ!!×5

成田良悟
イラスト／ヤスダスズヒト

池袋の休日を一人愉しめなかった折原臨也が、意趣返しとばかりに動き出す。ターゲットは静雄と帝人。彼らと共に、首なしライダー《デュラハン》も堕ちていってしまうのか――。

な-9-30　1734

電撃文庫

デュラララ!!SH×2

成田良悟
イラスト／ヤスダスズヒト

失踪事件を追う少年達と首無しライダー。街がざわめく中、ついには粟楠会の幹部や八尋の仲間まで姿を消していく。非日常を求めて再び動き出した池袋の行方は――。

な-9-50　2821

デュラララ!!SH×3

成田良悟
イラスト／ヤスダスズヒト

池袋の街で起こる連続傷害事件。その犯人は――池袋を舞台にしたアニメのキャラクター!? そして、遊馬崎と狩沢に『犯人捜し』を依頼された八尋達は――。

な-9-51　2869

デュラララ!!SH×4

成田良悟
イラスト／ヤスダスズヒト

杏里が店主となった園原堂が荒らされた。疑わしいのは直前に罪歌を求めて接触してきたとある人物。同じ頃、セルティにも再び運び屋としての仕事が依頼され――。

な-9-55　3047

折原臨也と、夕焼けを

成田良悟
イラスト／ヤスダスズヒト

地方都市に現れたとある情報屋。彼がする事はただ情報を流し、誰かの背中を押す事のみ。事件を解決しているのか、かき回しているのか？ その男の名は――!?

な-9-54　2956

超飽和セカンドブレイヴズ ―勇者失格の少年―

物草純平
イラスト／こちも

人類に非ざるはずの低「勇者値」の少年が出会ったのは、憧れの「A級勇者」の少女で――これは、勇者不在の時代に真の「勇者」を目指す二人の物語――。

も-2-7　3068

電撃文庫

はたらく魔王さま！11

和ヶ原聡司
イラスト／029

異世界から無事帰還した勇者を待ち受けていたものは、バイトのクビと、救出に掛かった経費の精算であった。金欠勇者の新たなバイト先は見つかるのか!?

わ-6-11　2736

はたらく魔王さま！12

和ヶ原聡司
イラスト／029

天使と勇者の壮大？な母娘喧嘩勃発！怒りMAXの恵美に怯える一同。一方魔王は、デリバリー開始のために取得した原付免許の写真の出来に悩んでいた。

わ-6-13　2885

はたらく魔王さま！13

和ヶ原聡司
イラスト／029

真奥との関係に悩む千穂に、梨香から食事の誘いが。悪魔との恋愛に葛藤する二人の女子会の裏で、真奥はライラの真意を探るため、練馬の自宅へ行こうとしていた。

わ-6-14　2943

はたらく魔王さま！14

和ヶ原聡司
イラスト／029

勇者エミリアが日本で部屋を借りるまでを描いたエピソードを含め、『回転寿司』『マグロ店長会議』『真奥の破けたズボン』など、全6編を収録した特別編！

わ-6-15　2987

はたらく魔王さま！15

和ヶ原聡司
イラスト／029

魔王、ついに正社員!!　……になるため登用研修を受ける！　さらにはエメラダと千穂が異世界の危機に立ち向かうべくクリスマスパーティーを企画!?　真冬の大騒動な第15巻！

わ-6-16　3070

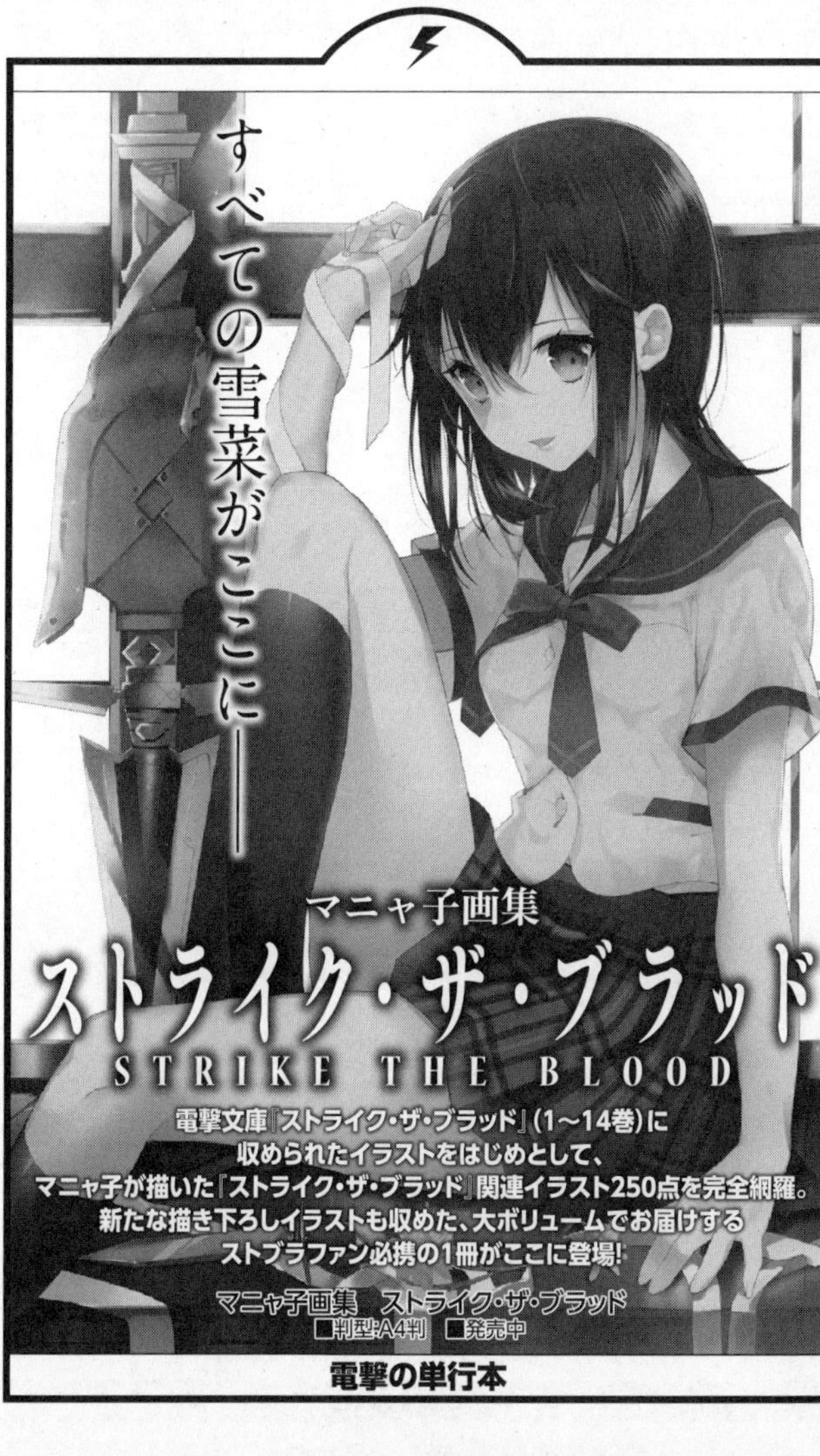

すべての雪菜がここに――
マニャ子画集
ストライク・ザ・ブラッド
STRIKE THE BLOOD
電撃文庫『ストライク・ザ・ブラッド』(1〜14巻)に
収められたイラストをはじめとして、
マニャ子が描いた『ストライク・ザ・ブラッド』関連イラスト250点を完全網羅。
新たな描き下ろしイラストも収めた、大ボリュームでお届けする
ストブラファン必携の1冊がここに登場!
マニャ子画集　ストライク・ザ・ブラッド
■判型:A4判　■発売中
電撃の単行本